LA PYRAMIDE DE BOUE

DU MÊME AUTEUR

CHEZ POCKET

LES ENQUETES DU COMMISSAIRE MONTALBANO

UN MOIS AVEC MONTALBANO
LA VOIX DU VIOLON
LA DEMISSION DE MONTALBANO
L'EXCURSION A TINDARI
LA PEUR DE MONTALBANO
LE TOUR DE LA BOUEE
LA PREMIERE ENQUETE DE MONTALBANO
LA LUNE DE PAPIER
UN ETE ARDENT
LES AILES DU SPHINX
LA PATIENCE DE L'ARAIGNEE
LA PISTE DE SABLE
LE CHAMP DU POTIER
L'ÂGE DU DOUTE
LA DANSE DE LA MOUETTE
LA CHASSE AU TRESOR
JEU DE MIROIRS
LE SOURIRE D'ANGELICA
UNE LAME DE LUMIERE
UNE VOIX DANS L'OMBRE
NID DE VIPERES
LA PYRAMIDE DE BOUE

MEURTRE AUX POISSONS ROUGES
En collaboration avec CARLO LUCARELLI

ANDREA CAMILLERI

Italien d'origine sicilienne, né en 1925, Andrea Camilleri a mené une longue carrière de metteur en scène pour le théâtre, la radio et la télévision, avant de se tourner vers la littérature. D'abord auteur de poèmes et de nouvelles, Camilleri s'est mis sur le tard à écrire dans la langue de sa Sicile natale. Sa série consacrée au commissaire Montalbano a rencontré un tel succès qu'elle a été adaptée en feuilleton à la télévision. Son héros, un concentré détonnant de fougue méditerranéenne et d'humeur bougonne, évolue avec humour et gourmandise au fil de ses enquêtes, parmi lesquelles : *Jeu de miroirs* (2016), *Une voix dans l'ombre* (2017), *Nid de vipères* (2018) et *La Pyramide de boue* (2019). Camilleri a reçu en 2014 le prix Federico Fellini pour l'excellence artistique de son œuvre. Tous ses romans ont été publiés chez Fleuve Éditions et sont repris chez Pocket. Andrea Camilleri est mort à Rome en 2019 à l'âge de 93 ans.

Retrouvez toute l'actualité de l'auteur sur :
www.andreacamilleri.net

ANDREA CAMILLERI

LA PYRAMIDE DE BOUE

Traduit de l'italien (Sicile)
par Serge Quadruppani

fleuvenoir

MIXTE
Papier issu de sources responsables
FSC www.fsc.org FSC® C003309

Pocket, une marque d'Univers Poche,
est un éditeur qui s'engage pour la préservation
de l'environnement et qui utilise du papier fabriqué
à partir de bois provenant de forêts gérées
de manière responsable.

ISBN : 978-2-266-30803-8
Dépôt légal : novembre 2020

Avertissement du traducteur

L'œuvre littéraire d'Andrea Camilleri connaît dans son pays un succès tel, qu'on lui trouverait difficilement un équivalent dans le demi-siècle qui vient de s'écouler en Italie. Une bonne part de cette réussite tient à la langue si particulière qu'il emploie. En rendre la saveur est une entreprise délicate. Il faut d'abord faire percevoir les trois niveaux sur lesquels elle joue, chacun d'eux posant des problèmes spécifiques.

Le premier niveau est celui de l'italien « officiel », qui ne présente pas de difficulté particulière pour le traducteur : on le transpose dans un français le plus souvent situé, comme l'italien de l'auteur, dans un registre familier. Le troisième niveau est celui du dialecte pur : dans ces passages, toujours dialogués, soit le dialecte est suffisamment près de l'italien pour se passer de traduction, soit Camilleri en fournit une à la suite. À ce niveau-là, j'ai simplement traduit le dialecte en français en prenant la liberté de signaler dans le texte que le dialogue a lieu en sicilien (et en reproduisant parfois, pour la saveur, les phrases en dialecte, à côté du français).

La difficulté principale se présente au niveau intermédiaire, celui de l'italien sicilianisé, qui est à la fois celui du narrateur et de bon nombre de personnages. Il est truffé de termes qui ne sont pas du pur dialecte, mais plutôt des régionalismes (pour citer deux exemples très fréquents, *taliare* pour *guardare*, regarder, *spiare* pour *chiedere*, demander). Ces mots, Camilleri n'en fournit pas la traduction, car il les a placés de telle manière qu'on en saisisse le sens grâce au contexte (et aussi, souvent, grâce à la sonorité proche d'un mot connu). Voilà pourquoi les Italiens de bonne volonté (l'immense majorité, mais on en trouve encore qui prétendent ne rien comprendre à la langue « camillerienne ») n'ont pas besoin de glossaire, goûtent l'étrangeté de la langue et la comprennent pourtant.

Remplacer cette langue par un des parlers régionaux de la France ne m'a pas paru la bonne solution : soit ces parlers, tombés en désuétude, sont incompréhensibles à la plupart des lecteurs (et il semblerait bizarre de remplacer une langue bien vivante et ancrée dans les mots de la Sicile d'aujourd'hui par une langue morte), soit ce sont des modes de dire beaucoup trop éloignés des langues latines (un Camilleri en ch'timi aurait-il encore quelque chose de sicilien ?). Il a donc fallu renoncer à chercher terme à terme des équivalents à la totalité des régionalismes. Le « camillerien » n'est pas la transcription pure et simple d'un idiome par un linguiste, mais la création personnelle d'un écrivain, à partir du parler de la région d'Agrigente. Et cependant, si toute vraie traduction comporte une part de création littéraire, le traducteur doit aussi éviter de disputer son rôle à l'auteur : il était hors de question d'inventer une langue artificielle.

Pour rendre le niveau de l'italien sicilianisé, j'ai donc placé en certains endroits, comme des bornes rappelant à quels niveaux on se trouve, des termes du français du Midi. D'abord, parce que le français occitanisé s'est assez répandu, par diverses voies culturelles, pour que jusqu'à Calais on comprenne ce qu'est un « minot ». Ensuite, ces régionalismes apportent en français un parfum de Sud. J'ai par ailleurs choisi le parti de la littéralité, quand il s'est agi de rendre perceptibles certaines particularités de la construction des phrases (inversion sujet verbe : « *Montalbano sono* » : « Montalbano, je suis ») ou ce curieux emploi du passé simple (*chè fu ?* « qu'est-ce qu'il fut ? », pour « qu'est-ce qui se passe ? ») par où passe l'emphase sicilienne, ou bien encore l'usage intempérant de la préposition « à » avec des verbes directs, et le recours très fréquent à des formes pronominales (« se faisait un rêve » pour « faisait un rêve »), etc.

J'ai tenté aussi de transposer certaines des déformations qu'impose le maître de Porto Empedocle à l'italien classique, pour faire entendre la prononciation de sa terre : *pinsare* au lieu de *pensare* (« penser », en italien classique) a été traduit par « pinser », *aricordarsi* au lieu de *ricordarsi* (se rappeler) a été traduit par s'« arappeler », etc. Choix sûrement discutable, mais qui me paraît encore comme la moins mauvaise des solutions, car elle permet de suivre l'évolution du style de notre auteur. En effet, l'abondance des transpositions de déformations orales n'est pas la même dans les premiers Montalbano que dans les derniers (il semble que, son public désormais conquis et habitué, Camilleri hésite moins à faire entendre les singularités de sa musique), et leur présence plus ou moins importante dans tel ou tel passage du même livre n'est pas dépourvue de significations, volontaires ou non.

L'ensemble de ces partis pris de traduction aboutit à une langue assez éloignée de ce qu'il est convenu d'appeler le « bon français » : ma traduction peut paraître peu fluide et s'éloigne souvent délibérément de la correction grammaticale. Mais depuis quelques dizaines d'années, le travail des traducteurs a été orienté par la tentative de mieux rendre la langue de leurs auteurs en échappant à la dictature de la « fluidité » et du « grammaticalement correct », qui avait imposé à des générations de lecteurs français une idée trop vague du style réel de tant d'auteurs. Un tel mouvement rejoint aussi le travail des auteurs francophones qui s'emploient à libérer leur expression du carcan d'une langue sur laquelle on a beaucoup trop légiféré. À l'intérieur de ce cadre, à mon niveau artisanal, l'essentiel était, me semble-t-il, de tenter de restituer auprès du lecteur français la plus grande partie de ce que ressent le lecteur italien non sicilien à la lecture de Camilleri. Ce sentiment d'étrange familiarité que procure sa langue, écho de ce qu'on éprouve en rencontrant, en même temps qu'une île, une très ancienne et très moderne civilisation.

Serge Quadruppani

UN

Le coup de tonnerre fut si fort que Montalbano, non content de subir un réveil passablement effrayant, effectua un grand bond et manqua de peu tomber du lit.

Ça faisait plus d'une semaine qu'il pleuvait des cordes sans une minute d'interruption. Les cataractes s'étaient rouvertes et semblaient décidées à ne plus s'arrêter.

Il ne pleuvait pas seulement à Vigàta, mais sur toute l'Italie. Au nord, il y avait eu des débordements et des inondations qui avaient provoqué des dégâts incalculables et dans quelques localités, les habitants avaient été évacués. Mais au sud non plus, ça rigolait pas, des rivières qui paraissaient mortes depuis des siècles avaient ressuscité armées d'une espèce de désir de revanche et s'étaient déchaînées, détruisant habitations et terrains cultivés.

Bref, c'était comme si le propriétaire d'une maison n'avait pas pris la peine de faire réparer le toit cassé ou les fondations abîmées. Et puis après, il s'étonnait et se lamentait si un jour elle finissait par s'écrouler.

— C'est peut-être la juste fin qu'on se mérite, avait commenté Montalbano, amer.

Il alluma, fixa le réveil. 6 h 05. Trop tôt pour se lever.

Il garda les yeux fermés serrés, écoutant le bruissement de la mer. Qu'elle fût calme ou furieuse, elle lui donnait toujours du plaisir. Tout à coup, il comprit qu'il ne pleuvait plus. Il descendit du lit, alla ouvrir les volets.

Ce coup de tonnerre avait été comme la bombe qu'on tire à la fin d'un feu d'artifice, justement pour annoncer sa conclusion. De fait, il ne tombait plus d'eau du ciel et les nuages qui avançaient depuis le levant étaient légers et blanchâtres ; bientôt ils auraient remplacé les autres lourds et noirs. Il retourna se coucher, tranquillisé.

Ce ne serait pas une journée sinistre, de celles qui le mettaient de mauvaise humeur. Il s'arappela s'être aréveillé pendant qu'il rêvait.

Il marchait le long d'un tunnel dans une obscurité épaisse et la lampe à pétrole qu'il tenait dans la main droite éclairait peu. Il savait qu'à un pas derrière lui se traînait 'n homme qu'il aconnaissait mais dont il ignorait le nom. À un certain moment, l'homme avait dit :

— J'arrive pas à te suivre, je perds trop de sang de ma blessure.

Et il avait arépondu :

— C'est pas possible d'aller plus lentement, le tunnel peut s'écrouler d'un instant à l'autre.

Quelques instants plus tard, alors que le souffle de l'homme derrière lui devenait toujours plus lourd et haletant, il avait entendu une plainte et le bruit d'un corps qui tombait à terre. Il s'était tourné, était revenu en arrière. L'homme était étendu sur le ventre, le manche d'un gros couteau de cuisine émergeant d'entre ses épaules. Il avait tout de suite été convaincu que le malheureux était mort. Et à cet instant précis, un puissant coup de vent avait éteint la lanterne et tout de suite après le tunnel s'était écroulé dans un grondement de tremblement de terre.

Le rêve était un salmigondis résultant d'un excès de petits poulpes bouillis et d'une nouvelle entendue à la télévision qui parlait d'une centaine de morts dans une mine chinoise.

Mais l'homme au couteau entre les omoplates, d'où sortait-il ?

Il tenta de fouiller sa mémoire puis adécida que ça n'avait aucune 'mportance.

Tout doucement, il se laissa glisser à nouveau dans le sommeil.

Puis le tiléphone sonna. Il regarda le réveil : il n'avait dormi qu'une dizaine de minutes.

Mauvais signe, si on appelait à cette heure du matin.

Il se leva, alla répondre.

— Allô ?

— Birtì ?

— Je ne suis…

— Tout s'inonda, Birtì !

— Écoutez…

— Birtì, dans la resserre, où c'est qu'y avait cent moules de fromage frais, y a deux mètres d'eau !

— Écoutez…

— Et je te parle pas du dépôt, Birtì.

— Bordel ! Vous allez m'écouter, oui ? hurla le commissaire qu'on aurait dit un loup.

— Mais vous êtes pas…

— Non, je suis pas Birtino ! Ça fait une demi-heure que j'essaie de vous le dire. Vous avez fait un mauvais numéro !

— Et alors, si c'est pas Birtino, c'est qui à l'appareil ?

— Son frère jumeau !

Il raccrocha, retourna se coucher en jurant. Et un instant plus tard, le tiléphone sonna de nouveau. Il bondit hors du lit avec un rugissement de lion, chopa le combiné et gueula comme un fou furieux :

— Allez vous faire foutre, toi, Birtino et les cent moules de fromage frais !

Il raccrocha et débrancha la prise. Mais il s'était tellement chopé les nerfs que pour se les faire passer, la seule chose à faire, c'était prendre 'ne bonne douche.

Il était en train de s'y rendre quand il entendit une musiquette bizarre venant de quelque part dans la chambre.

C'était quoi, ça ? Puis il acomprit que c'était la sonnerie de son portable, dont il se servait rarement. Il répondit.

C'était Fazio.

— Qu'est-ce qu'il y a ? demanda Montalbano d'une voix peu aimable.

— Excusez-moi, *dottore*, j'ai essayé de vous appeler sur le fixe mais j'ai eu un type qui… j'ai dû me tromper de numéro.

C'était Fazio qu'il avait envoyé se faire, etc.

— Tu t'es certainement trompé, puisque j'avais déconnecté la prise.

Calembredaine prononcée avec assurance sur un ton autoritaire.

— De fait. Voilà pourquoi je vous dérange sur le portable. Il y a eu un meurtre.

Le contraire l'eût étonné.

— Où ça ?

— Trop compliqué, *dottore*. Je viens juste de vous envoyer la voiture avec Gallo. Moi, je suis en train d'y arriver. Ah, mettez-vous des bottes, y paraît que l'endroit est un vrai marécage.

— C'est bon. J'arrive d'ici peu.

Il coupa le portable, reconnecta la prise du téléphone fixe, eut à peine le temps d'arriver à la salle de bains avant d'entendre le téléphone sonner. S'ils cherchaient encore Birtino, il se ferait donner l'adresse et irait leur tirer dessus à tous. Fromages frais compris.

— *Dottori*, qu'est-ce que je fis, je vous ai aréveillé ? demanda Catarella, anxieux.

— Non, je suis réveillé depuis un moment. Dis-moi.

— *Dottori*, je voulais vous y dire que la voiture de service de Gallo a pas voulu démarrer et qu'y a pas d'autres voitures dans tout le parc voitumobile en disponibilité de dispositions du fait qu'elles sont indisponibles, étant inamovibles.

— Qu'est-ce que ça veut dire ?

— Que les autres aussi sont cassées.

— Et alors ?

— Et alors, Fazio m'a donné l'ordination que je vienne vous prendre avec ma voiture.

Aïe. Catarella n'était pas précisément un as du volant. Mais il n'avait pas le choix.

— Mais tu le sais, toi, où il est, le mort ?

— Tout à fait très certain, *dottori*. Et puis par sicurité, je m'emmène aussi le navigateur parlant.

Il était prêt à sortir et se buvait son troisième bol de café quand il entendit soudain un énorme barouf du côté de la porte d'entrée. Le sursaut qu'il fit arenversa un peu de café sur sa veste et un peu sur les bottes de caoutchouc. En jurant, il courut voir ce qui s'était passé.

Il ouvrit et manqua de peu se cogner contre le capot de l'auto de Catarella.

— Tu voulais me défoncer la porte et entrer chez moi en voiture ?

— J'ademande compression et perdonnement, *dottori*, mais ça a glissé à cause de la gadoue se trouvant dessus la route. Ce fut pas ma fautivité mais celle de la situation mitréologique.

— Passe la marche arrière et recule un peu que, sinon, je peux pas sortir.

Catarella s'exécuta, le moteur s'emballa et la voiture ne bougea pas d'un millimètre.

— *Dottori,* le fait est que la route, elle descend et que les roues, elles ont pas de prise, sur le *fangue*, la boue.

Allez savoir pourquoi, même si ce n'était pas du tout le moment, il lui vint l'envie de le corriger.

— Catarè, en 'talien, on dit pas *fangue*, on dit *fango*.

— Comme voudra vosseigneurie.

— Et alors, qu'est-ce qu'on fait ?

— *Dottori*, si vosseigneurie sort de la véranda et que moi je rentre par la même, on échange nos places.

— Et quel résultat on obtiendra ?

— Que vosseigneurie conduit et que moi je pousse.

L'argument le convainquit. Ils échangèrent leurs places. Et au bout de dix minutes d'essais et de re-essais, les roues accrochèrent. Catarella se chargea d'aller à pied fermer la maison. Quand il revint, ils échangèrent de nouveau leurs places et partirent enfin.

Au bout d'un moment, Catarella parla :

— *Dottori*, vous m'expliquez 'ne chose ?

— Je t'écoute.

— Pourquoi, en sicilien, on dit *'u sangu,* pour *sangue,* le sang en 'talien, alors que pour *'u fangu*, la boue, on dit *fango* ?

— Catarè, passque le *fango*, étant du *fango,* est toujours *fango* dans toutes les langues du monde.

Ça faisait une demi-heure que le navigateur parlant parlait et que Catarella obéissait obséquieusement en disant oh que oui, monsieur, à chaque indication areçue, quand Montalbano posa une question :

— Mais on vient pas tout juste de passer l'ex-guichet de Montelusa basse ?

— Oh que oui, *dottori.*

— Et cette campagne, elle est où ?

— Encore plus loin, *dottori.*

— Mais si on est déjà en territoire montelusan, alors si on s'avance encore, on va s'y enfoncer !

— Certainement, *dottori,* ici, c'est tout montelusan.

— Et qu'est-ce qu'on en a à foutre, nous, d'un mort en territoire montelusan ? Gare-toi et coupe le moteur. Après, appelle-moi Fazio sur le portable et passe-le-moi.

Catarella s'exécuta.

— Fazio, tu peux m'expliquer pourquoi on doit s'occuper d'une affaire qui n'est pas de notre compétence ?

— Qui dit ça ?

— Qui dit quoi ?

— Qu'elle n'est pas de notre compétence.

— C'est moi qui te le dis ! Si le cadavre a été retrouvé en territoire montelusan, en bonne logique…

— Mais la campagne Pizzutello est sur notre territoire, *dottore* ! Elle est juste à la limite de Sicudiana.

Seigneur ! Et eux, ils se trouvaient exactement du côté opposé. Puis, dans la tête de Montalbano, la lumière se fit.

— Attends une seconde.

Il regarda fixement Catarella qui lui rendit son regard, quelque peu alarmé.

— Tu me dis dans quelle campagne tu nous menais ?

— Dans la campagne Rizzutello, *dottori*.

— Catarè, tu la sais la différence entre un « P » et un « R » ?

— Certainement, *dottori*.

— Dis-la-moi comme si c'était écrit en lettres d'imprimerie.

— En lettres d'infirmerie ? Attendez que j'y réfléchiche. Alorsse. Le « R » a le ventre et une gambette, alors que le « P » a seulement le ventre.

— Bravo. Mais tu as fait une confusion. Tu es en train de m'emmener dans un endroit avec la gambette au lieu de m'emmener dans un endroit avec juste le ventre.

— Alors, une erreur, j'ai fait ?

— Une erreur tu fis.

Catarella adevint d'abord rouge comme un coq puis pâle comme un *catafero*, un cadavre.

— Oh sainte petite mère, quelle erreur je fis ! Oh quelle erreur 'mpardonnable ! Hors de route je vous menai, *dottori* !

Il était désolé, au bord des larmes. Il se prit le visage dans les mains. Pour éviter le pire, le commissaire lui donna une claque amicale sur l'épaule.

— Allez, Catarè, le prends pas comme ça, une minute de plus, une minute de moins, ça a pas d'importance. Allons, maintenant, prends-toi le téléphone et fais-toi bien expliquer par Fazio où il faut aller.

À main droite d'une ex-route de campagne, à présent réduite à 'ne espèce de fleuve de boue marqué de centaines d'empreintes de roues de camions, s'ouvrait le très grand espace d'un chantier transformé en mer de bouillasse. Sur un côté se trouvaient entassés d'énormes tuyaux de ciment dans lesquels un homme aurait pu tenir debout.

Il y avait aussi une grue monumentale, trois camions, deux excavatrices, trois bulldozers. Regroupées de l'autre côté, quelques voitures, parmi lesquelles celle de Fazio et les deux de la Scientifique.

La route de campagne, une fois l'esplanade dépassée, redevenait une normale route de campagne tout en montée. À 'ne trentaine de mètres, on voyait 'ne espèce de petite villa, et 'ne autre un peu plus loin.

Fazio vint à la rencontre du commissaire.

— C'est quoi, c'te chantier ?

— Y sont en train de construire 'ne nouvelle canalisation hydraulique. Ça fait quatre jours, à cause du mauvais temps, que les ouvriers ne viennent plus besogner. Mais tôt ce matin, y a deux employés qui sont venus voir où ça en était. Ce sont eux qui ont découvert le *catafero* et qui m'ont appelé.

— Tu l'as déjà vu ?

— Oh que oui.

Montalbano remarqua que Fazio allait ajouter quelque chose mais qu'il s'était tu.

— Qu'est-ce qu'il y a ?

— Il vaut mieux que vosseigneurie le voie de ses yeux.

— Mais c'te *catafero*, il est où ?

— Dans le tuyau.

Montalbano s'étonna.

— Quel tuyau ?

— *Dottore*, d'ici, on peut pas voir. Il y a les voitures qui nous bouchent la vue. Y sont en train de trouer la colline pour y faire passer les conduits. Trois tuyaux sont déjà posés. Le *catafero* a été atrouvé justement au fond d'une espèce de tunnel.

— Allons-y.

— *Dottore*, dedans y a les types de la Scientifique. On y tient pas à plus de deux. Mais y z'ont presque fini.

— Le Dr Pasquano est venu ?

— Oh que oui. Il a regardé et il est parti.

— Il a dit quelque chose ?

— Les deux ouvriers l'ont découvert à six heures et quart. Le Dr Pasquano dit qu'il était mort une heure plus tôt. Et qu'il était clair qu'on ne lui avait pas tiré dessus à l'intérieur du conduit.

— Et alors, il a été transporté là par ceux qui l'ont tué ?

Fazio parut mal à l'aise.

— *Dottore*, je préfère que vous le voyiez de vos yeux.

— Le proc' est déjà arrivé ?

Tout le monde savait que le proc' Tommaseo se plantait toujours en voiture quoi qu'il arrive, même par une journée ensoleillée sans circulation, alors, avec les pluies qui étaient tombées !

— Oh que oui, mais c'est le procureur Jacono, passque Tommaseo a la grippe.

— Bon alors, fais-moi parler avec les deux ouvriers.

— Les gars, venez par là ! cria Fazio à deux hommes qui fumaient près d'une voiture.

Ils s'avancèrent en pataugeant dans la bouillasse, dirent bonjour.

— Bonjour. Le commissaire Montalbano, je suis. À quelle heure êtes-vous arrivés, ce matin ?

Les deux hommes échangèrent un regard. Le plus vieux, un quinquagénaire, répondit :

— À six heures pile.

— Vous êtes venus dans une seule voiture ?

— Oh que oui.

— Et vous avez commencé par entrer dans le tunnel ?

— On devait y entrer en dernier, mais on y est allés dès qu'on a vu la bicyclette.

Montalbano fronça un sourcil.

— Quelle bicyclette ?

— Un vélo balancé par terre juste à l'entrée du tunnel. On a pensé que quelqu'un s'était abrité dedans et...

— Une seconde. Comment on peut faire pour rouler à bicyclette sur toute cette boue ?

— Monsieur le commissaire, il y a ‘ne espèce de passerelle de bois qu’on avait construite pour pouvoir se déplacer. On la voit que quand on est près.

— Et alors, qu’est-ce que vous avez fait ?

— Qu’est-ce qu’on devait faire ? On est entrés avec nos lampes torches et juste à la fin, on a vu le *catafero*.

— Vous l’avez touché ?

— Non.

— Comment vous avez pu comprendre qu’il était mort ?

— Quand quelqu’un est mort, on comprend qu’il est mort.

— Vous le connaissiez ?

— On sait pas qui c’est. Il est tombé sur le ventre.

— Vous avez eu l’impression qu’il pouvait s’agir de quelqu’un qui travaillait ici ?

— On peut vous dire ni oui ni non.

— Vous n’avez rien d’autre à me dire ?

— Rin. On est sortis et je vous ai appelés.

— C’est bon, merci. Vous pouvez y aller.

Les deux hommes dirent au revoir et filèrent. Ils avaient hâte de rentrer chez eux. Puis du côté des voitures garées, il y eut une certaine agitation.

— La Scientifique a fini, annonça Fazio.

— Va demander s’ils ont atrouvé quelque chose.

Fazio s’éloigna. Montalbano n’aurait pas échangé deux mots avec le chef de la Scientifique même si on lui avait mis un pistolet sur la tempe. Il avait pour lui une profonde antipathie, et c’était réciproque.

Fazio revint cinq minutes plus tard.

— Ils ont atrouvé aucune douille, mais ils sont certains que l’homme est entré dans le tunnel qu’on lui avait déjà tiré dessus. Y a l'empreinte sanglante d'une main sur les parois d'un des tuyaux, comme s'il s'était appuyé pour ne pas tomber.

Les voitures de la Scientifique s'en allèrent. Restèrent celle de Fazio et le fourgon de la morgue.

— *Dottore*, appuyez-vous à moi. Que sinon vous risquez de glisser et de vous dégueulasser de boue.

Montalbano ne refusa pas l'offre. Ils marchèrent avec précaution, à pas mesurés et enfin, une fois les deux voitures dépassées, le commissaire put voir les travaux de creusement au pied de la colline et l'entrée de la galerie.

— Ils ont quelle longueur, les tuyaux ?

— Six mètres chacun. La galerie fait dix-huit mètres et le *catafero* est tout au bout.

À main gauche de l'entrée, gisait à terre un vélo à demi recouvert de boue, isolé avec des bouts de ruban jaune par les types de la Scientifique.

Le commissaire s'arrêta pour l'examiner. L'engin, vieillot, très usé, avait dû être vert un jour.

— Pourquoi a-t-il laissé la bicyclette dehors et n'est-il pas entré en pédalant ? Il avait tout ce qu'il voulait comme espace, remarqua Fazio.

— Je crois que ça n'a pas été volontaire. Il a dû tomber et n'a pas eu la force de remonter en selle.

— Prenez ma lampe et marchez devant, proposa Fazio.

Montalbano prit la torche, l'alluma et entra, suivi de Fazio.

Mais au bout de deux pas, il se retourna et ressortit vivement, haletant.

— Qu'est-ce qui fut ? demanda Fazio, ahuri.

Pouvait-il lui avouer qu'il s'était arappelé un rêve ?

— L'air m'a manqué. Mais elle est sûre, c'te galerie ?

— Tout à fait sûre.

— C'est bon. Entrons, dit le commissaire en rallumant la lampe et en prenant une longue inspiration comme avant de plonger en apnée.

DEUX

Y avait rin à faire, il le savait que ça serait comme ça, la scène ressemblait comme deux gouttes d'eau à celle du rêve, et la situation ne lui plaisait en rin. Sauf que Fazio, qui marchait derrière, n'avait heureusement pour lui aucun couteau entre les omoplates.

Là-dedans aussi, y avait de la bouillasse, beaucoup moins que dehors, mais y en avait. Enfin, le halo de lumière de la torche encadra le cadavre et Montalbano écarquilla les yeux.

Passque le mort, qui était couché sur le ventre, ne portait qu'un tricot de corps et un caleçon ; il était même pieds nus.

On l'avait tué d'une seule balle qui l'avait atteint entre les omoplates. Le tricot, dont la blancheur était devenue rouge de sang mêlé de boue, laissait clairement voir le pertuis d'entrée du projectile.

— Je veux voir son visage, déclara le commissaire.

— Sortons, dit Fazio.

Et dès qu'ils furent dehors, il alla parler avec les préposés au transport du cadavre occupés à jouer aux cartes dans le fourgon. Les types jetèrent des regards noirs à Montalbano, poursuivirent quelques instants la partie puis sortirent et entrèrent dans la galerie.

— À cinq heures du matin, y pleuvait comme vache qui pisse, reprit Fazio. Pourquoi quelqu'un irait se balader à vélo comme si de rien n'était sous l'eau, pieds nus et en caleçon ?

— Il se baladait pas, il fuyait, arépondit le commissaire. Et ils lui ont probablement tiré dessus après qu'il a enfourché sa bicyclette. Et ça me pousse à pinser quelque chose.

— Quoi ?

— Qu'un type blessé à mort sous un orage n'avait pas la force de se taper une montée à vélo.

— Expliquez-moi ça.

— Y a pas grand-chose à expliquer. L'homme ne peut que…

— C'est fait ! cria un des employés en sortant de la galerie.

Le commissaire et Fazio rentrèrent dans le tunnel. Les types de la morgue avaient retourné le cadavre et lui avaient aussi nettoyé le visage.

Le corps était celui d'un beau gars trentenaire, cheveux noirs, dont la bouche entrouverte laissait apercevoir des dents saines et blanches. Sous l'œil gauche, il avait une cicatrice en forme de demi-lune. Le tricot, sur le devant, n'avait aucun pertuis de sortie, signe que le projectile était resté dans le corps.

— Ça me suffit, dit le commissaire.

Ils ressortirent.

— On peut l'emballer ? demanda un des employés.

— Feu vert, répliqua Fazio.

Montalbano regarda les alentours. Ce paysage le désolait, lui serrait le cœur, le mettait mal à l'aise.

L'énorme grue ressemblait au squelette d'un mammouth, les gros tuyaux ressemblaient aux os de quelque animal gigantesque et c'était aussi à des bêtes inconnues et mortes que faisaient penser les camions déformés par la boue dont ils étaient encroûtés. On ne voyait pas un brin d'herbe, le vert était recouvert d'une couche semi-liquide gris sombre, comme si un cloaque à ciel ouvert avait étouffé tout être vivant, des fourmis aux lézards. Dans l'esprit de Montalbano flotta un vers d'une poésie d'Eliot qui s'intitulait justement *La Terre désolée* et qui disait « là où les morts perdent leurs os ».

— Mais cette canalisation hydraulique, depuis quand ils y besognent ?

— Depuis sept ans, *dottore*.

— Et comment ça se fait que ça dure depuis si longtemps ?

— C'est passqu'au bout de cinq ans, y a eu un arrêt des travaux du fait que les coûts avaient triplé, comme d'habitude.

— Et ils ont repris après ?

— Oh que oui. Y a eu de nouvelles subventions de la Région. Mais entre-temps, l'eau était plus là.

— Quelle eau ?

— Celle qui aurait dû passer par ce nouveau conduit, c'est-à-dire l'eau du Voltano.

— Et pourquoi le Voltano n'a plus d'eau ?

— C'est pas qu'il a plus d'eau, il lui en manque la quantité nécessaire pour fournir aussi cette canalisation.

— Et comment ça se fait ?

— Ça se fait qu'entre-temps, le Consortium de Caltanisetta a gagné le concours et que c'est lui qui s'est pris l'eau du Voltano.

— Alors, cette canalisation est inutile ?

— Oh que oui.

— Et pourquoi ils continuent à y besogner ?

— *Dottore*, vous le savez mieux que moi. Passque là, y a déjà des contrats publics, c'est des intérêts économiques qu'il faut respecter, passque sinon ça finit mal.

Est-ce qu'il ne vaudrait pas mieux, au fond, que tout ça finisse mal une bonne fois pour toutes ?

La causette avec Fazio fut très précisément la classique goutte d'eau qui fait déborder le vase.

— Allons-nous-en.

— Mais, *dottore*...

— Non, Fazio, si on reste ici, la boue finira par me monter au cerveau. Je tiens pas le coup, ici. Va dire à Catarella de rentrer seul. Toi, accompagne-moi à Marinella.

Il se fit laisser devant la porte de chez lui en se mettant d'accord avec Fazio qu'ils se reverraient au commissariat tout de suite après le déjeuner.

Il voulut prendre les clés dans la poche où il les gardait d'ordinaire mais ne les atrouva pas. Les chercha dans les autres poches. Rin. Puis, en jurant, il se rappela que Catarella, quand il était allé fermer la maison, ne les lui avait pas rendues.

Il sonna, dans l'espoir qu'Adelina soit encore là. Pirsonne ne répondit. Il re-sonna frénétiquement et, à son grand soulagement, entendit la voix de la bonne.

— Bouh, y a pas le feu ! J'arrive !

La porte s'ouvrit, Adelina le vit et poussa un grand cri.

— Bougez pas !

Montalbano se figea, abasourdi.

— Qu'est-ce qui fut ?

— Tout juste à l'instant, je lavai par terre ! Si vosseigneurie entre couvert de boue comme vous êtes, je dois recommencer à tout nettoyer !

— Alors, d'après toi, je dois pas entrer ?

— Levez-vous les bottes que je vous porte les chaussures.

Il ne fut pas facile de se débotter en restant debout appuyé au chambranle.

— Je t'avertis que je veux aussi me prendre une douche.

— La salle de bains, propre comme un sou neuf, elle est !

— Eh ben, moi, je vais la mouiller, d'accord ?

— Et moi je peux pas vous en 'mpêcher. Tant pis.

Une heure plus tard, douché, changé et laissant une Adelina qui marmonnait en renettoyant la salle de bains, il prit la voiture et s'en alla au commissariat.

Il se sentait beaucoup mieux, l'eau de la douche avait emporté la boue mais pas la crasse invisible que les paroles de Fazio sur la construction de la canalisation lui avaient fait arriver sous la peau.

La première chose qu'il remarqua en entrant fut que Catarella n'était pas à son poste de standardiste.

— Il s'est pas montré, dit l'agent de garde.

Tu veux voir qu'il s'est perdu sur la route du retour ? Et qu'il se pointera dans la matinée ?

— Le *dottor* Augello et Fazio sont se trouvant sur les lieux ?

L'agent le regarda d'un air ahuri. Zut, il oubliait qu'il ne parlait pas à Catarella.

— Ils sont là ? se corrigea-t-il.

— Oh que oui, monsieur.

— Fais-les venir dans mon bureau.

Ils s'aprésentèrent ensemble. Saluèrent et s'assirent.

— Tu es au courant pour le mort ? demanda le commissaire à Augello.

— Fazio m'a tout raconté.

— Et toi, tu as du neuf ?

— Ce matin, quand vous n'étiez pas là, Tano Gambardella a tiléphoné.

— Le journaliste ?

— Oui.

Gambardella publiait un hebdomadaire combatif qui s'occupait des affaires tordues de Vigàta. C'était un homme courageux qui avait déjà subi deux attentats mafieux. Quelquefois, il collaborait à Retelibera, la station télévisée dirigée par un très grand ami de Montalbano, Nicolò Zito.

— Qu'est-ce qu'il voulait ?

— Il n'a pas voulu me le dire.

— Pourquoi ?

— Passqu'il ne voulait parler qu'à toi. En pirsonne pirsonnellement, comme dit Catarella.

— Mais tu es mon adjoint ! Tu aurais dû…

— Écoute, Salvo, je ne pouvais pas 'nsister passqu'entre Gambardella et moi, il y a 'ne vieille histoire.

Montalbano acomprit en un éclair. Les histoires avec Mimì ne pouvaient arriver que pour une seule raison.

— Par hasard, ça concerne sa femme ?

— Oui. Une gonzesse vraiment belle.

— Et elle est vieille, cette histoire ?

Mimì Augello s'agita sur sa chaise.

— Disons qu'elle remonte à trois mois.

— Mimì, si tu te calmes pas un peu, un jour ou l'autre, un mari jaloux te tirera dessus et moi, je l'aiderai dans sa cavale, tu peux y compter. Qu'est-ce que vous avez convenu ?

— Qu'il va te tiléphoner.

— Alors, les gars, écoutez-moi bien. Comme j'avais commencé à dire à Fazio ce matin, le mort ne pouvait qu'habiter dans les parages du chantier et précisément dans la partie haute du quartier Pizzutello.

— Pourquoi t'en es si sûr ? demanda Augello.

— Passque mortellement blessé comme il l'était, l'homme n'aurait pu pédaler en montée dans la boue. Au maximum, il pouvait se laisser descendre, avec le vélo qui roulait tout seul. En outre, il y a un détail 'mportant. Il connaissait l'existence d'une espèce de ponton sur la boue que les ouvriers avaient fait mais qu'on ne pouvait pas voir avec toute cette bouillasse. Signe qu'il passait souvent par là, il avait probablement vu construire la passerelle.

— Mais pourquoi il s'est fourré dans la galerie ?

— Il voulait se cacher. Il pinsait que celui qui lui avait tiré dessus le suivait.

— Ça tient pas, dit Mimì. S'il voulait se cacher, il aurait dû emmener la bicyclette à l'intérieur.

— Il n'a pas pu le faire passqu'il est tombé et je ne crois pas qu'il était encore en mesure de raisonner clairement. Peut-être qu'il n'avait plus assez de force pour arracher le vélo à la boue.

— On a dû le surprendre dans son sommeil, supposa Mimì.

— Exactement. Après, il a dû se passer quelque chose qui lui a permis d'enfourcher la bicyclette et de s'enfuir. Mais on lui a tiré dans le dos et il a eu la force de se maintenir en selle.

— Ça me convainc, dit Fazio.

Le tiléphone sonna. C'était Catarella.

— *Dottori*, je veux vous communiquer que j'ai enfin aréussi à retourner sur les lieux.

— Tu t'étais perdu ?

— Oh que oui, *dottori.* À Trapani, j'ai fini par m'aretrouver.

Le commissaire raccrocha, soulagé. Il ne serait pas nécessaire d'organiser une expédition de secours.

— Alors, qu'est-ce qu'on fait ? demanda Mimì.

— Toi, tu restes là, à me substituer brillamment. Fazio et moi, on s'en retourne à la campagne Pizzutello.

Après le chantier, la première habitation qui s'atrouvait à une centaine de mètres de distance était un mélange de maison paysanne et de petite villa d'un étage. Qui l'avait bâtie n'avait pu s'adécider entre une demeure à prétentions bourgeoises ou un logis campagnard bon enfant. Sur le côté, un garage avait son rideau de fer baissé. La porte donnait directement sur la route. Les fenêtres étaient closes.

Il n'y avait pas de sonnette. Fazio frappa avec insistance mais pirsonne ne vint ouvrir.

Au bout d'un moment, ils laissèrent tomber et se dirigèrent vers 'n autre bâtisse plus loin. Elle était plutôt grande, en mauvais état. De derrière le bâtiment leur parvenait le chœur de centaines de poules.

La porte était ouverte.

— On peut entrer ? demanda Fazio.

— Allez-y, lança une voix de femme âgée.

Ils entrèrent et écarquillèrent les yeux.

Ils s'attendaient à s'atrouver dans une pièce quelconque d'une habitation quelconque et en réalité, ils découvrirent une salle aménagée en un mélange de magasin de produits alimentaires, de restaurant et de bar.

Trois tables étaient en effet dressées pour qui souhaiterait manger quelque chose.

Derrière le comptoir se tenait une petite vieille à l'air sympathique et aux yeux vifs et malins.

— Vous désirez un café ? Des œufs frais ?

Montalbano ne résista pas à la curiosité.

— Mais c'est quoi, ici ?

— C'est ce que vosseigneurie voit, arépondit la vieille. Ici, on vend du pain, des pâtes, de la sauce, des œufs... de tout. On fait aussi à manger. Et on peut prendre un bon café.

— Mais comment se fait-il que vous n'ayez pas d'enseigne dehors ? demanda encore le commissaire.

— Passque j'ai pas la licence.

— Mais vous en avez fait la demande ? 'ntervint soudain Fazio en prenant un visage sévère.

— Ça m'est même pas passé par l'antichambre de la coucourde ! Vous avez idée de ce que ça me coûterait comme dessous-de-table pour l'avoir en douce ?

— Mais alors, c'est une activité commerciale non déclarée ! s'exclama Fazio.

— Mais quelle activité ? réagit la vieille en élevant la voix. De l'activité, avec l'âge que j'ai, j'en ai plus beaucoup ! Vosseigneurie, vous êtes quoi, un contrôleur de la Financière ?

— Non, je suis…

— Et alors, si vous en êtes pas, ne me cassez pas les burnes.

Puis la vieille le fixa et dit à mi-voix :

— Ça, c'est des flics !

Et aussitôt, dans un hurlement qui assourdit Montalbano et Fazio, elle appela :

— Pitrineddru !

Sans savoir comment ni d'où il venait, Pitrineddru se matérialisa.

C'était un colosse quadragénaire de deux mètres de haut, avec des cheveux qui démarraient pratiquement aux sourcils, des biceps de quatre-vingts centimètres de circonférence, des mains grosses comme des pelles.

— Qu'est-ce qu'il y a, maman ?

— Pitrineddru, *cori di lu mè cori*, cœur de mon cœur, c'tes deux flics y disent comme ça qu'on est non déclarés et peut-être qu'ils vont nous faire fermer *'u* magasin.

Pitrineddru leur jeta le regard torve des taureaux qui vont charger.

Du coin de l'œil, Montalbano vit que la main droite de Fazio était en train de glisser sous sa veste pour prendre son revolver. Pitrineddru se tourna, menaçant. Le moment était critique. D'une voix calme et plate, Montalbano déclara :

— Faisons un pacte ?

— Qué pacte ? demanda la vieille qui avait une bonne oreille.

— Moi, je fais pas de pacte avec les flics, dit Pitrineddru, l'air sombre.

— Tais-toi et débarrasse le plancher, lui ordonna la vieille.

En un tournevire, Pitrineddru se dématérialisa.

— Vous le voulez, c'te café ?

— Bon, ben, d'accord.

— Alors, assoyez-vous.

Montalbano et Fazio s'installèrent à l'une des tables dressées. Un type entra, qui voulait dix œufs, 'ne portion de pain et un kilo de pâtes. Après quoi la vieille apporta le café et s'assit avec eux.

— Écoutons ce pacte.

— D'abord dites-moi comment vous avez fait pour acomprendre que nous sommes flics.

— Passque les flics, les vrais flics, hein, ils l'ont écrit sur le front qu'ils en sont. Alors, c'te pacte ?

— Nous, on vous adénonce pas à la Financière et en échange, vous nous donnez quelques 'nformations.

La réponse de la vieille fut 'mmédiate.

— Ça me fait mal au cœur, mais moi, je fais pas la balance.

— Il ne s'agit pas de faire la balance. Je veux vous ademander seulement si une certaine pirsonne habite par ici.

— En cavale, il est ?

— Il n'est pas recherché.

— Comment il s'appelle ?

— On le sait pas. C'est un trentenaire aux cheveux noirs, 1,65 m environ, avec une cicatrice en demi-lune sous…

— Giugiù Nicotra, l'interrompit la vieille.

— Vous savez où il habite ?

— Bien sûr que je le sais ! Il est là, à côté !

— Dans la petite villa ?

— Oh que oui, monsieur.

— Célibataire, il est ?

— Oh que non, marié.
— On a frappé mais pirsonne ne nous a ouvert.
— Peut-être que la radasse peut pas ouvrir passqu'elle est occupée à baiser.
— Vous parlez de la femme de Nicotra ?
— Et de qui qu'on parle ? C'est une Allemande dans les vingt-cinq ans, son prénom, c'est Inghi, souvent elle vient faire les courses ici à vélo, toute pomponnée, avec un pantalon tellement serré qu'on dirait qu'il est peint sur son cul… Quand son mari est pas là, très souvent elle areçoit. Et je suis aussi sûr qu'elle leur donne à manger, à ses amants.
— Pourquoi ?
— Passque quand elle vient ici, elle fait beaucoup de commissions, comme s'ils étaient quatre à la maison, et pas deux.
— Ils n'ont pas d'enfants ?
— Oh que non.
— Il besogne ?
— Oh que oui. Il est comptable.
— Où ça ?
— Chais pas.
— Mais comment vous faites pour savoir avec certitude que la dame areçoit du monde ?
— Passque c'te route qui vient de Vigàta mène à celle qui va à Sicudiana. Donc les voitures qui viennent de Sicudiana passent là, devant. Et moi je vois que quelqu'un souvent s'arrête à la villa et, au bout de deux heures, il s'en va. Quelle grandissime radasse, c'est ! Imaginez-vous qu'elle a essayé de se faire faire des choses par mon Pitrineddru, cet angelot du ciel !
— Vous auriez par hasard le numéro de tiléphone de la villa ?

— Oh que oui. Je vous le donne.

Fazio en prit note.

— Vous savez où la dame garde d'habitude son vélo ?

— Appuyé au mur à côté de la porte d'entrée.

— Ce matin, vous avez entendu des bruits bizarres ?

— Quels bruits ?

— Un coup de pistolet, par exemple.

— Mon bon monsieur, ce matin, y avait de ces coups de tonnerre qu'on aurait dit des bombes ! On n'aurait même pas entendu un coup de canon !

Fazio et Montalbano échangèrent un regard. Ils n'avaient pas d'autres questions à poser.

Ils se levèrent.

— *'U pattu è 'un pattu !* Un pacte, c'est un pacte ! dit la vieille.

— Pour nous aussi, répliqua Montalbano.

Ils sortirent, montèrent dans la voiture.

— On essaie encore un coup à la villa ? proposa Fazio.

— Essayons encore.

Et cette fois encore, pirsonne n'arépondit dans la villa.

— Je sais pas pourquoi, mais cette histoire me fait un drôle d'effet.

Fazio s'approcha du garage.

— Où tu vas ?

— Je veux voir s'il y a la voiture.

Il disparut derrière le garage, reparut.

— Y a un fenestron pour l'aération. Le garage est vide. Peut-être que la femme l'a prise et est allée se promener.

— C'est aussi simple que ça, pour toi ?

— Et comment ça doit être ?

— Tu poses pas la question principale.

— À savoir ?

— Pendant qu'on tirait sur son mari, elle était où ?

Fazio se fit silencieux et pensif. Montalbano scruta la façade de la villa qui, à cette heure, aurait dû être frappée en plein par le soleil. Mais il n'y avait pas de soleil, il était caché par de lourds nuages noirs. Montalbano passa sur l'arrière de la maison. Fazio le suivit. Là, on aurait cru qu'il faisait déjà nuit.

TROIS

Levant les yeux, Montalbano remarqua tout de suite qu'entre les lames du volet fermé d'une fenêtre à l'étage, de la lumière filtrait. Fazio la vit aussi.

— Ça, selon la logique architecturale, ça devrait être une chambre à coucher, déclara le commissaire.

— Et sûrement que la lumière est restée allumée depuis à hier soir, ajouta Fazio.

Puis, Montalbano eut une pinsée et s'en retourna sur le devant de la villa.

— Faisons une dernière tentative, dit-il à Fazio. Prends le portable et appelle le numéro que t'a donné la vieille.

Le commissaire s'approcha de la porte et y colla l'oreille. Alentour, silence total.

Il avait beau s'appliquer, il n'entendit pas la moindre sonnerie lointaine. Se pouvait-il qu'ils n'aient pas d'appareil au rez-de-chaussée ? Ou bien leur avait-on coupé les fils ?

— T'es vraiment en train d'appeler ?

— Absolument.

— Et comment ça se fait que j'entends pas sonner ?

— S'il vous plaît, laissez-moi essayer, proposa Fazio, en prenant la place du commissaire.

Il écouta un moment puis dit :

— Ça sonne, loin, mais ça sonne.

— Et comment ça se fait que je l'aie pas entendu ?

Fazio le fixa mais préféra ne pas arépondre.

Et Montalbano regretta sa question.

Pas de doute, la vieillesse, en plus de l'empêcher de bien voir, le rendait sourdingue. Sainte Mère ! Se promener avec des lunettes épaisses comme des culs de bouteille, ça pouvait encore se supporter, mais avec le cornet acoustique, c'était absolument hors de question. Mieux valait, à c'te point, se retirer à l'hospice, comme l'y invitait souvent le Dr Pasquano pour le faire enrager.

— Je dois avoir un bouchon de cérumen.

— Absolument, approuva Fazio les yeux au ciel à la poursuite du vol fou d'une chauve-souris.

C'était le seul adverbe qu'il connaissait ?

— Rentrons au commissariat, lança Montalbano avec brusquerie.

— Qu'est-ce que vous pensez faire ? demanda Fazio tandis qu'il démarrait, conscient que le commissaire avait eu un accès de mauvaise humeur et qu'il valait mieux le distraire.

— Là, il est trop tard mais, demain matin, je vais voir le proc' Jacono et je me fais donner l'autorisation d'entrer dans la villa.

— Il vous la donnera ?

— Jacono est pas du genre à faire des histoires.

— Qu'est-ce que vous croyez atrouver ?

— Si tu veux tout savoir, j'ai un mauvais pressentiment. Je crois atrouver une gonzesse morte.

— Et moi, j'ai peur que vosseigneurie ait raison, dit Fazio. Mais d'après vous, comment ça s'est passé ?

— J'aime pas parler *amuzzo*, à l'aveuglette.

— Oh, juste histoire de passer le temps…

— On peut faire diverses hypothèses. Mais 'ne chose est sûre comme point de départ : Giugiù Nicotra et peut-être aussi sa femme ont été surpris dans leur sommeil. Il ne s'agit pas de voleurs, j'en suis convaincu.

— Pourquoi ?

— Un voleur ne tire pas dans le dos du volé qui s'enfuie. En tout cas, ils l'ont fait sortir du lit comme il était et l'ont fait descendre.

— Pourquoi ? demanda de nouveau Fazio.

— Passque s'ils étaient restés à l'étage, Nicotra n'aurait pas eu l'occasion de s'échapper dehors. Ils lui auraient même pas laissé le temps de descendre.

— Vrai, c'est.

— 'Ne fois en bas, ils cherchent ou veulent quelque chose que le couple détient.

— Qu'est-ce qui vous fait dire ça ?

— Fazio, si un type entre la nuit chez toi et que c'est pas un voleur, y a quatre possibilités, et c'est tout. Ou bien c'est un amant de la femme, ou bien un kidnappeur, ou bien il cherche quelque chose, ou bien il veut savoir quelque chose. Moi, j'exclurais les deux premières hypothèses.

— Continuez.

— Pendant que l'interrogatoire se déroule, une bonne occasion se présente pour Nicotra. Peut-être un moment d'inattention des intrus. Il ouvre la porte, il sait que sa femme garde toujours la bicyclette appuyée là, à côté, et il s'enfuit. Un des deux lui tire dessus et le chope entre les omoplates. Mais Nicotra encaisse et s'éloigne dans la nuit. N'oublie pas qu'il y a un orage. Alors, ne pouvant faire autrement, ils tuent aussi la femme et s'en vont.

— Esscusez, mais pourquoi ils emmènent aussi la voiture, vu qu'elle est pas au garage ?

— Je sais pas quoi te dire. Mais peut-être qu'ils ont pas tué la femme. Si ça se trouve, ils l'ont enlevée.

— Comment on devrait s'y prendre ?

— Demain matin, pendant que je vais chez le proc', toi, essaie d'en savoir le plus possible sur Giugiù Nicotra.

— Je dois faire savoir qu'on a identifié le *catafero* ?

— Peut-être qu'il vaut mieux gagner du temps. On le fera savoir quand j'aurai parlé au proc'.

— Félicite-moi, dit Mimì Augello en prenant sa tête des grandes occasions dès qu'il l'aperçut.

— Quelle 'ntreprise héroïque as-tu réussie ?

— J'ai mené à bien en deux heures ce que les journaux appellent « une brillante opération ».

— Raconte-moi ça.

— Vous veniez juste de sortir quand j'ai reçu 'n coup de tiléphone : 'ne voix d'homme me dit qu'un certain Saverio Piscopo, habitant 4, rue Lo Duca, avait areçu une grosse livraison et qu'il l'avait cachée dans la poussette de son fils de trois mois. Il a ajouté qu'il le dénonçait passque Piscopo dealait devant les écoles.

— Et tu t'es fié à 'n coup de fil 'nonyme ?

— Oui, et j'ai bien fait. Dans la poussette, y avait un kilo d'herbe et autant de dope chimique.

— Tu l'as arrêté ?

— Bien sûr.

— Comment a-t-il réagi ?

— Il a bien joué la comédie du type qui savait rin, mais il a pas été capable d'esspliquer comment la dope a pu se retrouver dans la poussette de son fils. Il arépétait sans arrêt que lui, il gagnait honnêtement son pain comme maçon. Alors, tu me félicites ?

— Mes félicitations, Mimì.

Il s'était levé pour sortir de son bureau et rentrer à Marinella quand le tiléphone sonna.

— *Dottori*, je dois vous dire qu'il y aurait qu'il y a en ligne M. Gambadella.

— Passe-le-moi.

Il aurait parié ses roubignoles que M. Gambadella, c'était Gambardella.

— Cher Gambardella, je vous écoute. Je sais que vous m'avez déjà…

— Oui, *dottor* Montalbano, et vous me voyez consterné d'avoir à vous déranger. Mais il s'agit d'une affaire vraiment sérieuse et j'ai besoin de vous parler en confidence avec une certaine urgence.

— Écoutez, j'allais partir, mais je peux rester et…

— Je réitère mes excuses, mais je ne voudrais pas que quelqu'un me voie entrer dans le commissariat.

Alors, l'histoire n'était pas à prendre par-dessus la jambe. On le surveillait…

— J'ai compris. Vous savez où j'habite ?

— Oui.

— Il est huit heures. Ça vous va, dans une demi-heure ?

— D'accord.

En premier lieu, à peine rentré à la maison, il alla mater ce qu'Adelina lui avait priparé.

Ouvrir le four ou le réfrigérateur lui donnait exactement la même émotion que quand il était minot et qu'il brisait l'œuf de Pâques pour voir ce qu'il y avait dedans.

Peut-être pour se faire pardonner ses manières bourrues de la matinée, Adelina lui avait préparé un merveilleux plat de pâtes *'ncasciata*[1] et deux saucisses à la sauce tomate.

Trouver du poisson frais, par ce mauvais temps, c'était difficile. Des congelés, y en avait tant qu'on voulait, mais ce n'était pas adapté à son palais.

Il ferait réchauffer le tout après la visite de Gambardella.

Il ouvrit la porte-fenêtre de la véranda, mais ce n'était pas le moment de rester assis dehors.

On sonna à la porte, il alla ouvrir. C'était Gambardella.

À lire les articles enflammés qu'il écrivait et sachant ce qu'il risquait, on l'imaginait comme un grand gros fanfaron au regard fier. En fait, c'était un petit type dans les quarante-cinq ans, sans un poil sur le caillou, avec des lunettes et un veston aux manches trop courtes.

Ils s'installèrent sur deux fauteuils devant la télévision mais en les tournant de manière à se trouver face à face.

1. Pâtes au four, mêlées de tomate, mozzarella, œuf dur, viande hachée, aubergine frite, etc. (pour la recette complète cf. Maruzza Loria et Serge Quadruppani, *À la table de Yasmina*, 2009, Éd. Métailié). *(Toutes les notes sont du traducteur.)*

— Vous prenez quelque chose ?

— Rien, merci. Je ne veux pas vous faire perdre votre temps plus que le nécessaire.

— Moi, je vais me boire un peu de whisky.

— Vous le lisez, mon hebdomadaire ?

— Oui. Au fait, l'appeler *Le Gardien du Phare*, c'était une bonne idée.

— Merci. Comme vous devez le savoir, je suis un avocat qui a la passion du journalisme. Comme journaliste, j'ai le vilain défaut d'ouvrir les placards aux squelettes.

— Par les temps qui courent, votre vice me semble carrément une vertu.

— Une vertu qui, comme on me l'a déjà fait amplement comprendre, pourrait me coûter cher. J'en viens à l'essentiel. Avez-vous déjà entendu parler de la société Albachiara ?

— Non.

— C'est une entreprise qui s'est constituée il y a un an et demi et dont la finalité est la réalisation de travaux publics. À peine un mois après sa naissance, elle s'est imposée sur le marché. Et notez bien que, sur ce marché, les concurrents sont nombreux et aguerris. En tout cas, Albachiara a remporté entre autres l'appel d'offres pour le complexe scolaire de Villaseta. Ils ont vraiment travaillé en un temps record et, au bout d'un an et deux mois, ils ont livré le complexe.

— De combien les coûts ont-ils été dépassés ?

— De très peu. Un pourcentage négligeable. De ce point de vue, ils se sont comportés de manière irréprochable.

— Donc, une société respectable.

— En apparence.

— C’est-à-dire ?

— Il y a un mois, c’est-à-dire exactement une semaine après l’inauguration, un des trois bâtiments a été déclaré en état de péril.

— Pourquoi ?

— Deux plafonds étaient tombés et des fentes énormes étaient apparues sur les murs porteurs.

— Il y a eu des blessés ?

— Par chance, non.

— On a ouvert une enquête ?

— On ne pouvait faire autrement.

— La conclusion ?

— On a établi que la société de construction n’était pas responsable, et que les fentes étaient dues à un déplacement du terrain sur lequel se dressait le bâtiment.

— Pardon, mais avant de commencer une construction, il n’est pas obligatoire de faire une expertise du sol ?

— Bien sûr, elle a été faite.

— Avec un résultat positif ?

— Oui. L’avis positif a été signé par le Pr Augusto Maraventano, une autorité en la matière, mais à l’époque, il avait quatre-vingt-dix ans et il était complètement gâteux.

— J’ai compris.

— C’est plus complexe.

— Maraventano n’a pas été poursuivi ?

— Ça n’a pas été possible.

— Pourquoi ?

— Il est mort il y a six mois. Et donc l’histoire s’est conclue par des embrassades générales. Aucun coupable.

— Vous voyez que…

— Attendez. À ce point, je me suis posé une question parfaitement logique.

— À savoir ?

— Si le terrain est instable, les deux autres bâtiments ne sont-ils pas en péril ?

— Et qu'est-ce que vous avez fait ?

— Je suis allé parler avec l'ingénieur Riccio, l'assistant du Pr Maraventano, lequel m'a assuré que l'histoire du glissement de terrain était un bobard concocté par Albachiara et le juge. Le terrain était, du point de vue géologique, très solide. Il m'a montré les relevés, les analyses, tout. Sauf que personne, à part moi, n'a pris la peine d'aller l'interroger.

— Mais comment le juge a-t-il pu…

— Il ne s'est basé que sur l'expertise faite par quelqu'un qu'avait proposé Albachiara. Alors, j'en suis arrivé à une conclusion incroyable.

— Dites-la-moi.

— Que les matériaux employés par Albachiara n'étaient pas ceux déclarés dans les documents de l'appel d'offres, mais d'autres de très mauvaise qualité. Et qu'en outre, on avait beaucoup économisé dans la construction, en omettant d'appliquer des règles précises pour la stabilité et la sécurité. Il y a trois jours, j'ai commencé à avancer dans cette direction, en posant quelques questions à droite et à gauche.

— Résultats ?

Gambardella sourit.

— Le résultat est que, hier soir, j'ai trouvé dans ma boîte aux lettres une enveloppe avec l'adresse écrite en caractères d'imprimerie. J'ai eu tout de suite des soupçons. Je l'ai ouverte. Elle ne contenait qu'une photo de mon fils Ettore, qui a six ans, à la sortie de l'école.

— Rien d'écrit ?

— Rien.

— Vous avez la photo ?

L'autre tira de sa poche 'ne enveloppe et la tendit au commissaire. Elle n'était pas arrivée par la poste, quelqu'un l'avait glissée dans la boîte. La photo amontrait un minot qui riait en parlant avec un camarade dont on ne voyait que l'épaule.

— Éloquent, dit Montalbano en lui rendant l'enveloppe. Et maintenant, que comptez-vous faire ?

— À partir de demain, Ettore fréquentera une école de Montelusa et sera hébergé chez une de mes sœurs.

— Vous pensez qu'à Montelusa, votre fils ne court aucun risque ?

— Je ne suis pas idiot à ce point. Mais pour le moment, je ne trouve pas…

— Pour le moment, envoyez-le à Montelusa, mais pas à l'école. Emmenez-le ce soir même chez votre sœur et faites en sorte que personne ne s'en aperçoive.

— Entendu.

— Donc, vous avez l'intention de continuer ?

— Ça me paraît évident.

— Je veux que vous sachiez que je suis à votre complète disposition. Dites-moi comment je peux…

— Je suis venu seulement pour vous mettre au courant de la menace que j'ai reçue. Au cas où il arriverait quelque chose à moi ou à quelqu'un de ma famille, vous saurez vers où orienter vos recherches.

— Je vais vous faire une proposition.

— Je vous écoute.

— Officiellement, moi, je ne peux pas bouger. Mais si vous me tenez informé au fur et à mesure de ce que vous découvrez, il me serait plus facile de prévenir tout acte dangereux de leur part à votre encontre.

— D'accord.

— Une dernière question. Avec qui avez-vous parlé ?

— Avec trois maçons qui avaient travaillé à la construction des écoles. L'un d'entre eux, un certain Saverio Piscopo, m'a donné un tuyau qui pourrait s'avérer précieux.

— Comment avez-vous dit qu'il s'appelle ?

— Saverio Piscopo.

Lequel avait déjà payé pour avoir trop parlé. On lui avait mis de la drogue dans la poussette de son fils. Il préféra ne pas communiquer la nouvelle à Gambardella.

— En quoi consiste le tuyau ?

— Dans un premier temps, le chef de chantier du complexe était un certain Filippo Asciolla, licencié par la suite et remplacé par un autre. On m'a dit qu'Asciolla en veut à mort aux gens d'Albachiara. Je veux aller lui parler dès que possible.

— Tenez-moi au courant et soyez très prudent. Ah, écoutez, vous savez quelle société est en train de construire la nouvelle canalisation du Voltano et qui a le chantier actuellement à la campagne Pizzutello ?

— Là où ce matin, on a trouvé quelqu'un assassiné ?

— Oui.

— C'est la société Rosaspina.

— Qu'est-ce qu'on raconte sur ce meurtre ?

— Comme l'homme n'a pas encore été identifié, les suppositions sont nombreuses et naturellement, l'hypothèse d'une histoire de cocu ne manque pas. Mais, pour le moment, tout ça, c'est du vent.

Dès que Gambardella fut sorti, il dressa la table pendant que le dîner se réchauffait au four et puis il mangea tranquillement en se régalant surtout des pâtes *'ncasciata*.

Ensuite il débarrassa, alluma la télévision et se regarda le journal de Retelibera.

Comme il avait fait exprès de ne communiquer encore à pirsonne le nom du mort, l'assassin du tunnel était désigné comme « l'inconnu ». Le journaliste, Nicolò Zitto, s'étonnait qu'aucun signalement de disparition inquiétante n'ait encore été enregistré. Car, et là, il arrivait à la même conclusion à laquelle Montalbano avait abouti, un homme qui va à vélo en caleçon sous la pluie ne peut qu'habiter dans les environs. Et il concluait :

— En l'absence d'informations fournies par la police, demain matin, nous entamerons nos propres recherches, sur lesquelles nous tiendrons nos téléspectateurs au courant.

Y avait pas dire, il était 'ntelligent, son ami Nicolò. Et tout de suite après, il lui vint une pinsée.

À tous coups, il ne lui faudrait pas bien longtemps pour découvrir que le mort habitait dans une villa voisine du chantier et qu'il était marié.

Et en donnant la nouvelle, il mettrait en alerte l'assassin, qui redoublerait de prudence. Il fallait l'éviter. Et comment ? Le mieux serait de prévenir Nicolò et de savoir le premier ce qu'il en était vraiment.

Cela signifiait qu'il n'avait pas le temps d'ademander un mandat de perquisition réglementaire au proc'. Il devait agir lui-même.

Le tiléphone sonna. À cette heure, ça ne pouvait être que Livia. Il n'avait pas envie de se lever pour aller arépondre. Puis s'adécida, mais avant de prendre en main le combiné, il eut encore un instant d'hésitation.

Il le souleva.

— Comment tu vas, aujourd'hui ?

Depuis trois jours, Livia avait la fièvre, un peu de grippe.

Et avant elle avait eu mal à l'estomac et avant encore des douleurs à la jambe si fortes qu'elles l'empêchaient de marcher…

La vraie vérité, c'était juste celle-là : depuis la mort de François, elle n'était plus la même, elle avait beaucoup changé.

Elle semblait avoir perdu tout 'ntérêt, oubliait tout, se négligeait, était absente à elle-même.

À présent, rien qu'à entendre combien sa voix avait changé, Montalbano sentait son cœur se serrer, le monde alentour adevenait gris et 'ne lourde mélancolie le submergeait.

— Un petit peu mieux.

Elle marqua 'ne pause puis :

— Je voudrais que tu sois là.

— Je te promets de venir. Dès que je pourrai…

— Je me sens si seule…

Elle n'avait plus la force d'aller besogner, elle s'était pris un congé sans solde, elle n'avait pas voulu venir à Marinella où elle se serait sentie un poids pour lui et maintenant elle restait toute la journée enfermée chez elle.

Ses paroles lui vinrent d'elles-mêmes aux lèvres.

— Livia, je t'en prie, je t'en supplie. Réagis, fais-le pour nous deux. Pour moi, tu es tout. À t'entendre comme ça, je…

— Je vais essayer de m'en sortir, Salvo. Je te le promets. Bonne nuit.

— Bonne nuit.

Il posa le combiné, respira à fond, se passa les mains sur le visage, découvrit qu'il était trempé.

QUATRE

Vu dans la lumière des phares, dans la nuit complètement privée de lune en raison de l'épaisse couche de nuages plus noire que le noir nocturne, le chantier semblait le décor idéal pour un film expressionniste allemand, avec ses forts contrastes de lumière et d'obscurité, et les ombres géantes et déformées qui ressemblaient à des projections de monstrueuses silhouettes immobiles.

Ou pour un film d'un autre genre, généralement 'méricain, de ceux qui décrivent le lendemain d'une catastrophe nucléaire, quand les survivants errent dans un paysage qui leur était très familier la veille et qu'ils n'areconnaissent plus, qui leur est devenu étranger.

C'était comme si on n'avait plus travaillé sur ce chantier depuis de nombreuses années : la grue, les camions, les excavatrices ressemblaient comme deux gouttes d'eau à des débris abandonnés depuis des siècles sur une planète morte.

Les couleurs n'existaient plus, on ne voyait plus rien qui n'ait la couleur grisâtre de la fange. Le « fang », comme disait Catarella et peut-être n'avait-il pas tort, parce que la fange avait pénétré dans notre sang, elle en était devenue partie intégrante. La fange de la corruption, des dessous-de-table, des fausses factures, de l'évasion fiscale, des arnaques, des bilans truqués, des caisses noires, des paradis fiscaux, du bunga bunga…

Peut-être, songea Montalbano, cet endroit était-il le symbole de la situation dans laquelle s'atrouvait le pays entier.

Il accéléra, pris soudain par la peur irrationnelle que sa voiture, contaminée, s'arrête en ce lieu damné pour se changer brusquement en débris fangeux.

Si c'était arrivé, il aurait sûrement commencé par pousser des cris de minot effrayé et il aurait fallu beaucoup de temps avant que lui revienne l'usage de la raison.

Il poussa un soupir de soulagement quand enfin les phares éclairèrent la façade de la villa.

Mais ils éclairèrent aussi 'ne voiture garée quasiment contre la villa.

Tu veux voir que quelqu'un avait eu la même idée que lui ? Se pouvait-il que Zito, le journaliste, ait avancé à ce point dans son enquête privée ?

Il mit un moment pour comprendre qu'il ne pouvait pas s'arrêter, il devait faire semblant de n'être que de passage, et il poursuivit.

Il eut donc la possibilité de s'apercevoir qu'à l'intérieur de la voiture se trouvaient un homme et 'ne femme. Tous deux étaient assis à l'avant et quand ses phares les encadrèrent, ils se détournèrent pour dérober leurs visages. Elle était blonde.

L'hypothèse Zito était à exclure.

Il passa devant le commerce clandestin de la vieille et continua à avancer jusqu'à ce que la petite route de campagne débouche sur la provinciale vers Sicudiana. De la circulation, à cette heure, il n'y en avait pratiquement pas, il se rangea sur le bas-côté et s'arrêta, en restant à l'intérieur.

Il s'alluma une cigarette, la fuma sans se presser. Heureusement, le paquet qu'il avait était à peine entamé, car il devait, d'une manière ou d'une autre, laisser passer au moins une demi-heure.

Ce qu'il avait eu en tête de faire s'aprésentait maintenant, du fait de la présence du couple, sous un jour beaucoup plus périlleux que prévu. Passqu'il y avait une probabilité, réduite certes, mais une probabilité que la femme blonde soit Inge, la femme allemande de Nicotra, qui rentrait chez elle en ignorant tout du meurtre de son époux et voulait faire un dernier adieu, si on peut l'appeler ainsi, à son compagnon.

La demi-heure, grâce à Dieu, passa. Montalbano remit le contact et refit le chemin en sens inverse.

La voiture du couple n'était plus là. S'agissait-il vraiment d'une rencontre amoureuse, ou bien Inge était-elle rentrée chez elle après avoir salué son accompagnateur ?

Il sortit de la voiture et resta un moment immobile pour voir si des phares approchaient. Par cette nuit si noire, ils seraient repérables à des kilomètres de distance. Rin, par chance : une obscurité épaisse régnait des deux côtés de la route.

Alors, il s'approcha précautionneusement de la villa.

Des volets du rez-de-chaussée, aucune lumière ne filtrait. Il passa sur l'arrière. La situation lui parut identique à celle de l'après-midi. Sauf que la lumière de la chambre à coucher se distinguait mieux.

Il revint sur le devant et, tout doucement, en essayant de ne pas faire de bruit, il ouvrit la serrure, à la troisième tentative, en se servant des clés spéciales offertes par un vieux cambrioleur. Il poussa de quelques centimètres la porte, lentement, redoutant un grincement, tendit l'oreille, mata à l'intérieur.

Au rez-de-chaussée il y avait une obscurité à couper au couteau.

Avant d'entrer, il retira ses chaussures en les laissant dehors sur le seuil.

Puis il entra, alluma la puissante torche qu'il avait emportée et referma la porte derrière lui en l'accompagnant de la main.

Aussitôt, il eut la nette impression qu'il n'y avait pirsonne dans la maison. Ça sentait le renfermé, l'air stagnant.

Cela signifiait donc que la femme qui se trouvait dans la voiture n'était pas Inge. Il avait la voie libre, mais dans ces occasions, agir avec prudence était la règle d'or.

Le halo de lumière de la lampe lui révéla qu'il s'atrouvait dans une vaste pièce divisée entre coin cuisine, salle à manger et salon. Une porte fermée donnait sûrement sur des toilettes.

Il s'attendait à se confronter à une scène différente.

Mais tout était en ordre parfait, la seule chose qui détonnait était un siège renversé au milieu de la pièce, pieds en l'air, et un autre couché sur le côté.

Signe évident qu'il y avait eu une sorte de bousculade, un début d'échauffourée.

Puis il remarqua les traces laissées par une paire de chaussures et par des bottes boueuses qui allaient de la porte en ligne droite jusqu'au pied de l'escalier de bois menant à l'étage.

Donc, c'étaient deux pirsonnes qui étaient entrées.

Il se dirigea lentement vers l'escalier, entama sa montée en essayant de faire le minimum de bruit.

L'escalier aboutissait à un couloir avec trois portes alignées de chaque côté.

La pièce devant laquelle on débouchait en montant était une chambre à coucher.

La lumière y était allumée, cela correspondait donc à ce qu'ils avaient vu du dehors.

Il entra.

Sur le grand lit, draps et couvertures étaient de travers, rejetés sur un côté, touchant le sol.

Un oreiller ensanglanté gisait par terre.

Montalbano eut tout de suite la certitude qu'une seule pirsonne avait dormi là.

Comment s'expliquer ce sang ? À qui appartenait-il ?

La tête de l'homme assassiné, il l'avait constaté lui-même, ne présentait pas de blessure.

Il poursuivit son inspection. La pièce suivante était une spacieuse salle de bains et ensuite une espèce de bureau. Il passa aux trois autres donnant sur la façade. En face du bureau, il y avait un débarras, puis une salle de bains comparable à l'autre, et puis une chambre pour deux.

Et si là aussi, le lit était dans un grand désordre : il était évident que deux pirsonnes y avaient dormi.

Montalbano en fut étonné.

Ainsi donc Nicotra et sa femme avaient un hôte.

Homme ? Femme ?

Puis il eut une idée et ouvrit l'*armuar*. Il y avait là des vêtements d'homme et de femme, ces derniers plutôt voyants. Ce devait être la chambre à coucher des maîtres de maison. Et il en eut la confirmation en allant mater dans la salle de bains voisine. Il y avait des parfums, des crèmes, des rouges à lèvres.

Alors, il retourna dans la première chambre et ouvrit l'*armuar*. Trois complets, gris ou bleus, deux pulls de laine… tout cela pour un homme d'un certain âge. Et puis des chemises, caleçons, chaussettes…

Il sortit les costumes l'un après l'autre, scruta scrupuleusement leurs poches. Pas de papiers, pas de documents.

Il referma l'armoire, alla donner un coup d'œil à la salle de bains. Lames de rasoir, blaireau et savon à barbe…

Il s'était oublié d'inspecter le tiroir de la table de nuit. Il revint dans la chambre à coucher, l'ouvrit et son regard tomba sur un gros revolver chargé et, à côté, une boîte de cartouches. Rien d'autre. Mais sur la table de nuit, à côté d'un verre d'eau, il y avait un flacon de médicaments, de ceux qui ont un compte-gouttes comme bouchon. C'était un traitement pour le cœur.

Ce type n'était pas de passage. Ce devait être une espèce d'hôte permanent.

Il ne pouvait pas s'agir d'un parent, car dans ce cas la vieille lui en aurait parlé.

Au contraire, elle devait ignorer sa présence, puisqu'elle s'étonnait de l'importance des provisions que la femme faisait rien que pour un couple.

Alors, qui était-ce ? Et qu'est-ce qu'il faisait chez eux ? Ils l'avaient enlevé avec Inge parce qu'il risquait d'être un témoin dangereux ?

En conclusion, la situation s'était, dans un certain sens, aggravée : une pirsonne assassinée et deux autres enlevées.

Il n'avait plus rin à faire dans cette maison. Il descendit sans bruit, éteignit la torche et ouvrit la porte. Mais pour voir où étaient ses chaussures, il dut la rallumer un instant.

Et ce fut ainsi qu'il nota l'éclat d'un objet métallique près de ses chaussures. Il chercha à tâtons jusqu'à ce qu'il l'ait atrouvé. C'était une douille. À tous les coups, elle avait été expulsée du pistolet qui avait tiré sur Nicotra.

Et cela confortait, au moins en partie, sa reconstitution.

Il la laissa où elle s'atrouvait, mit ses chaussures, ferma la porte, monta en voiture et repartit.

Tandis qu'il roulait vers Marinella, il aréfléchit sur quelques trucs qui ne collaient pas.

Le premier, c'était l'histoire que lui avait racontée la vieille, à savoir qu'Inge arecevait, passque certaines fois des voitures venaient, s'arrêtaient devant la villa et repartaient au bout de quelques heures.

Se pouvait-il qu'Inge baise sans vergogne avec ses amants occasionnels en se contrefoutant de l'hôte âgé qu'ils avaient à la maison ? Lequel, par ailleurs, devrait être son complice et ne rin révéler au mari cornard. Non, c'était impensable.

Alors, il était autorisé à faire une supposition plus raisonnée. Ces hommes qui arrivaient en voiture ne venaient pas pour rencontrer Inge, mais la pirsonne qu'elle hébergeait. Et Inge trouvait pratique de se faire passer pour une radasse, comme ça pirsonne ne pouvait soupçonner qu'elle gardait quelqu'un à la maison.

Le deuxième truc qui ne collait pas, c'était précisément l'hôte âgé. Pourquoi restait-il dans la villa ? Quel rapport avait-il avec le maître de maison ? Pourquoi des gens venaient-ils le voir ?

Et surtout, pourquoi la nuit, quand il dormait, gardait-il un revolver à portée de main ?

Il ne sut donner aucune réponse à aucune question.

Mais cela, quand il se coucha, ne l'empêcha pas de se faire 'ne bonne nuit de sommeil.

Le lendemain matin, avant de s'aprésenter au proc' Jacono, il se rendit à la questure pour parler avec Angelo Micheletto, le nouveau chef des Narcotiques, qui était un de ses grands amis et avec lequel, tout en galéjant, il échangeait des services.

— 'Ngilì, je dois te confier une affaire dilicate comme si on était deux frères, annonça Montalbano avec la tête des grandes occasions.

— Et moi, extrêmement dilicat je suis, toujours, mon petit frérot. Confie-moi ça, dit Micheletto en prenant la même tête.

— Mon adjoint Augello, à la suite d'un coup de fil 'nonyme, à hier, à mon insu, arrêta pour détention de stupéfiant un pauvre type, un certain Saverio Piscopo qui…

— Économise ton souffle, je sais tout. Et alors, qu'est-ce que tu veux de moi, mon petit frérot ?

— Tu dois savoir que Piscopo n'est pas un dealer, on l'a piégé par vengeance.

— Et toi, alors, comment ça se fait que tu le sais, ça ?

— Passque Piscopo est un de mes ‘nformateurs, dit le commissaire en prenant la tête la plus sincère qu’il pouvait.

— Ah. Et ton adjoint n’était pas au courant ?

— Non.

— J’ai interrogé le Piscopo en question. Tu m’esspliques pourquoi il ne m’a pas arévélé que c’est un de tes ‘nformateurs ?

— Je ne me l’explique pas.

— Alors, je vais te l’expliquer, moi. Passque ce n’est pas un de tes ‘nformateurs et que c’te histoire, tu te l’es inventée pour le sortir d’affaire.

À c’te point, la seule chose à faire était de jouer cartes sur table.

— Vrai, c’est.

— Aïe, aïe ! On ne se raconte pas des bobards entre petits frères ! En tout cas, pour ta consolation, sache que moi aussi je me suis convaincu que Piscopo n’avait rien à voir avec la drogue. Nous avons retourné sa vie comme une vieille chaussette. Il a toujours fait le maçon et c’est tout. Il est nickel.

— Et alors, tu le remets en libirté ?

— Ce matin même. Et attention, hein, ‘ne autre fois, viens pas me raconter des conneries.

Au proc’ Jacono, il relata tout, à l’exception bien sûr de la visite nocturne.

— Donc, vous jugez indispensable d’entrer dans la villa ?

— Je ne vois pas d’autre moyen de faire avancer l’enquête. Si vous avez une autre idée…

Jacono n’avait pas d’autre idée.

— Quand pensez-vous y aller ?

— En début d'après-midi.

— S'il y a le cadavre de la femme, avertissez-moi immédiatement, dit-il en signant l'autorisation.

Il lui avait fait faire antichambre pendant deux heures mais en compensation n'avait pas perdu de temps à se décider.

À peine de retour au commissariat, il ordonna à Catarella de faire venir Fazio et Augello dans son bureau.

— Tu peux sortir un moment ? demanda-t-il à Fazio. Je dois parler seul à seul avec le *dottor* Augello.

Fazio se leva et sortit. Augello le fixa d'un air 'nterrogatif.

— Mimì, je me vois contraint de retirer les félicitations que tu m'as extorquées pour la brillante arrestation de Saverio Piscopo. Il s'est avéré complètement étranger au trafic de drogue.

— Mais puisque j'ai trouvé dans la poussette…

— Je sais, mais on la lui a mis exprès avant de te téléphoner pour le faire arrêter.

— Et qui te l'a dit ?

— Le chef des Narcotiques, ça te va ? Donc, réfléchis-y plusieurs fois avant de te fier à un coup de fil anonyme.

Fou de rage, Augello se leva et sortit sans dire un mot. Un instant après, Fazio entra.

— J'ai obtenu l'autorisation de Jacono, lui annonça le commissaire. Préviens les gens de la Scientifique qu'ils doivent se trouver sur les lieux à quatre heures. Il faut que ce soit eux qui ouvrent la porte. Si dedans il y a le *catafero* d'Inge, avertis moi, le proc' et Pasquano. Et toi, qu'est-ce que tu me racontes ?

— Je peux lire un bout de papier avec mes notes ?

— À condition que tu commences pas comme t'en as l'habitude par les arrière-grands-parents de Nicotra.

— D'accord. Gerlando Nicotra est né il y a trente-cinq ans à Vigàta et il a passé le diplôme de comptable. D'autre part, il était fils de comptable.

— Ses parents sont vivants ?

— Son père, oui, j'ai l'adresse et le tiléphone, sa mère non.

— Continue.

— Marié depuis cinq ans avec Inge Schneider, née à Bonn, vingt-neuf ans. Où ils habitent, on le sait. Il est connu comme étant un gars sérieux, travailleur, pas de vices, pas de femmes. Sans antécédents. Récemment, il s'était acheté une nouvelle voiture, 'ne Volvo. J'ai le numéro d'immatriculation, ça peut toujours servir. Depuis un an et demi, il faisait le comptable principal dans la société Rosaspina.

— Qu'est-ce que ça veut dire, comptable principal ?

— Qu'il s'occupait de la paie, des salaires, qu'il contrôlait les dépenses d'achats de matériel et faisait aussi les bilans.

— Une mission de responsabilité.

— Bien sûr. Pratiquement, il savait tout sur chaque centime qui entrait et sortait.

— Une seconde, Fazio. La Rosaspina, c'est pas l'entreprise qui construit le conduit hydraulique ?

— Précisément. Mais ça ne veut pas dire qu'il allait sur le chantier, il besognait au bureau.

— Donc, il n'est pas improbable que les deux ouvriers ne l'aient pas reconnu.

— En effet.

— Mais avant de travailler chez Rosaspina, qu'est-ce qu'il faisait ?

— Toujours le comptable. Mais chez Primavera. Allez, quels bons noms poétiques, elles avaient, ces sociétés[1] ! Et puis, pour emporter un marché public, elles étaient capables du pire.

— Et ça, c'est un peu bizarre, continua Fazio.

— Pourquoi ?

— Si vosseigneurie s'en souvient, je vous ai déjà raconté qu'avant Rosaspina, il y avait 'ne société qui travaillait à la canalisation, et qui a fait l'objet d'une enquête. C'te société, c'était justement Primavera.

— Et qu'est-ce qu'y a de bizarre ?

— Que le seul employé de Primavera embauché par Rosaspina, ça a été Nicotra.

— T'es sûr qu'ils ont pris personne d'autre ?

— Tout à fait sûr.

— Même pas chez les ouvriers ?

— Même pas.

— Peut-être que c'était un bon comptable.

— Des braves comptables, on en trouve *a tinchitè*, tant qu'on veut.

— Et alors, y a pas d'autre explication : il était super recommandé.

— Ça, c'est possible. En fait, on dit que pour embaucher Nicotra, il a fallu licencier le comptable qu'ils venaient tout juste d'embaucher.

— Et on murmure les noms de ceux qui l'ont arecommandé ?

— Le bruit court que celui qui le voulait, c'était quelqu'un du conseil d'administration, Me Nino Barbera.

1. *Rosa* : rose ; *Spina* : épine ; *Primavera* : printemps.

— On sait pour quelle raison ?

— Pour la raison toute simple que, à ce qu'on dit, il couchait avec la femme de Nicotra.

— Alors, c'est l'éternelle histoire.

— Comme ça, ça en a l'air.

— T'en es pas convaincu ?

— Oh que non.

— Dis-moi pourquoi.

— Moi, je l'aconnais, Me Barbera. Il peut très bien avoir été l'amant d'Inge, mais je sais que, dans le conseil d'administration, c'est la dernière roue du carrosse. Y doit y avoir une autre raison, mais j'acomprends pas laquelle.

— Peut-être que le nom de Nicotra a été donné à Barbera par quelqu'un à qui le conseil d'administration ne pouvait pas dire non. Mais on est toujours dans le champ des suppositions. Et pour passer des suppositions à quelques certitudes, tu sais ce que tu dois faire.

— Oh que oui. Je le sais.

Montalbano commença à s'énerver.

— Vu que tu le sais, dis-le-moi.

— Savoir les noms des membres du conseil d'administration.

— Bravo. Alors, lève-toi, 'nforme-toi et viens me le dire.

— Déjà fait, dit Fazio en tirant de sa poche un bout de papier.

Montalbano bouillait. Quand Fazio faisait ça, il perdait son sang-froid. Pour se passer les nerfs, des doigts de la main droite qu'il tenait hors de vue, il s'infligea à la cuisse un pinçon très douloureux.

— Je peux le lire ?

— Lis, lis.

— Michele La Rosa, 'ngénieur, président du conseil d'administration ; Giovanni Filipepi, médecin ; Nicolò Transatta, propriétaire ; Mario Insigna, commerçant, et Nino Barbera, avocat.

— Je les aconnais pas. Et toi ?

— J'en connais que deux. Me Barbera et le Dr Filipepi. C'te docteur, c'est connu, est le médecin de la famille Cuffaro.

Et figurez-vous, comme si on avait pu couper à la Mafia ! Laquelle, dans ces histoires de marchés publics, était dedans jusqu'au cou.

— Comme patients, il n'a que les Cuffaro ?

— Oh que non, *dottore*. C'est un bon médecin, des patients, il en a beaucoup. On fait la queue devant son cabinet.

— Alors, le fait qu'il soigne 'ne famille de mafieux ne veut peut-être rin dire.

— Ou bien, ça peut signifier tant de choses, tint à priciser Fazio sur un ton profondément méditatif.

— Si tu as des doutes, tu n'as plus qu'à te bouger.

— C'est ce que je veux faire.

CINQ

— En attendant, pendant qu'on parle, il est en train de se passer un truc qui ne me va pas.

Fazio le fixa, surpris.

— Maintenant, pendant qu'on parle ? demanda-t-il.

— Exact.

— Et qu'est-ce que c'est ?

— D'abord, aréponds à quelques questions.

— Commencez.

— Rosaspina, comme toutes les sociétés du monde, a un bureau avec un chef de bureau ?

— Oh que oui. Il est via…

— Laisse tomber l'adresse, ça m'intéresse pas, du moins pour l'instant. Comment s'appelle le chef de bureau ?

— Attendez que je regarde.

Il tira le bout de papier de sa poche, le parcourut et dit :

— Pasquale Ranno. C'est un géomètre.

— Et là, quelle heure il est ?

Fazio, complètement ahuri, arépondit après un coup d'œil à sa montre.

— Midi douze.

— Très bien. S'atrouvant tué par balle, à hier soir, le comptable principal Gerlando Nicotra fut dans l'impossibilité d'aller au bureau pour cas de force majeure et ne fut pas non plus en mesure de justifier son absence. Exact ?

— Exact.

— Étant aujourd'hui toujours aussi mort, ce matin aussi il fut contraint de ne pas se rendre à son travail. Il est donc logique de pinser que le chef de bureau Ranno depuis hier se soit inquiété de tiléphoner chez Nicotra sans recevoir jamais de réponse. Ce matin, il aura sûrement fait de même. Ça tient debout ?

— Oh que oui.

— Alors, moi, je m'ademande et je dis : comment se fait-il, à midi passé, qu'il ne se soit pas encore manifesté auprès de nous, ne fût-ce que par un coup de fil, pour signaler la disparition du comptable ?

— Vrai, c'est, rétorqua Fazio. Mais il y a peut-être une explication. Peut-être qu'ils l'ont fait aux carabiniers, le signalement.

— Tu peux vérifier ?

Fazio sortit et revint cinq minutes près.

— Ils n'ont reçu aucun signalement.

— Pour moi, ça sent mauvais. C'est comme si à la Rosaspina, ils avaient su tout de suite qui était le mort. Et si c'est comme ça, ils ont fait une erreur grosse comme une maison. Une erreur d'omission. Ils auraient dû pour le moins se montrer perdus.

— Est-ce qu'il se pourrait que les ouvriers qui ont découvert le *catafero* l'aient areconnu, même s'ils nous ont dit le contraire ?

— Le *catafero* était sur le ventre et couvert de boue. Non, s'ils l'ont su, ça a été par une autre voie.

Catarella apparut à la porte.

— *Dottori*, excusez-moi pour le dérangement du fait que je m'aprésente en pirsonne mais le tiléphone sur l'instant de maintenant ne fonctionne pas. Je voulais vous dire que sur les lieux il y aurait qu'il y a le comptable Nicotra.

Mais il n'était pas mort ? Montalbano et Fazio échangèrent un regard ahuri.

— Tu es sûr qu'il s'appelle comme ça ?

— La main sur le feu, *dottori*.

Fazio se donna une claque sur le front.

— Ça doit être le père !

— Fais-le venir, dit le commissaire.

Et puis, à l'adresse de Fazio :

— Qu'est-ce que je te disais à propos de l'omission des types de Rosaspina ? Tu paries combien que le père vient nous voir passqu'il n'a plus de nouvelles de son fils ?

— J'aime pas perdre.

— Je suis Ignazio Nicotra, annonça en entrant un sexagénaire maigre, nez aquilin, éventail de cheveux blancs, bien vêtu, lunettes épaisses.

Il avait l'air préoccupé, très mal à l'aise, et à un léger tremblement des mains et de la pomme d'Adam, on voyait que son moral voyageait sans cesse entre le haut et le bas.

— Asseyez-vous, je vous écoute.

— Je suis peut-être trop inquiet de nature, peut-être qu'en venant ici, je vous ferai seulement perdre du temps, mais le fait est que je me fais du souci pour mon fils Gerlando.

— Pourquoi ?

— Parce que, vu qu'il n'habite pas avec moi qui suis veuf, il a pris l'habitude de m'appeler deux fois par jour, le matin tôt avant d'aller au travail et le soir quand il rentre chez lui. Hier, il ne m'a pas appelé et ce matin non plus.

— Vous avez essayé de le joindre ?

— Naturellement. Mais chez lui personne ne répond, même pas sa femme. Et son portable est éteint.

— Vous avez essayé sur son lieu de travail ?

— Bien sûr. J'ai parlé avec Ranno, son chef de bureau et il m'a dit qu'eux aussi ne s'expliquaient pas l'absence de Gerlando. Entre autres parce que Gerlando s'empressait toujours de les avertir quand il avait du retard ou qu'il ne venait pas au travail.

— C'est quand, la dernière fois que vous avez vu votre fils ?

— Il y a six mois.

— Mais vous habitez à Vigàta ?

— Oui.

— Et comment se fait-il que vous ayez laissé passer tout ce temps sans…

'Gnazio Nicotra s'agita sur sa chaise. Il écarta les bras, secoua plusieurs fois la tête.

— Chaque dimanche, j'allais manger chez eux. Puis, il y a six mois, Gerlando m'a dit qu'il valait mieux que je ne vienne plus, au moins pour un peu de temps. Il avait eu des discussions avec Inge, sa femme. Il paraît qu'elle, le dimanche, elle voulait sortir déjeuner au restaurant et que ma présence…

Il s'interrompit. Montalbano enregistra mentalement que l'hôte inconnu était dans la villa depuis six mois, que c'était l'explication de la mise à l'écart du père.

— Il faut réfléchir un moment sur la démarche à suivre, dit Montalbano qui, pendant ce temps se tourmentait la coucourde pour tenter d'imaginer comment lui annoncer la mauvaise nouvelle.

Mais ce fut précisément le vieux qui le mit sur la voie. Après s'être éclairci la gorge, il reprit :

— C'est hier seulement que j'ai su que sur le chantier de Rosaspina, qui est la société où travaille mon fils, on a retrouvé le corps d'un homme assassiné qui n'a pas encore été identifié. Il m'est venu une idée horrible, et je n'en ai pas dormi de la nuit. Je pourrais voir le cadavre ?

— Oui, rétorqua aussitôt Montalbano, mais avant…

Il s'interrompit et fixa Fazio. Lequel, d'un mouvement de tête, donna son accord.

— Excusez-moi, fit-il à l'adresse du vieux.

Il se leva, fonça hors de la pièce, alla sur le parking s'allumer une cigarette.

Fazio s'occuperait de le préparer à ce qui suivrait ; lui, le courage lui avait manqué.

Une vingtaine de minutes plus tard, il vit son subordonné qui sortait en soutenant le malheureux père qui avait du mal à rester droit. Fazio le fit asseoir dans sa voiture puis s'approcha du commissaire.

— Je l'accompagne à Montelusa pour l'identification officielle. À trois heures, on se verra ici.

Pour une fois, il n'avait pas envie de manger.

Il s'imaginait la scène du vieux comptable devant le *catafero* de son fils sous la lumière lugubre de la chambre mortuaire, et son estomac se serrait comme un poing.

Il avait lu quelque part qu'en France on avait chargé un très grand artiste des Abruzzes de rendre moins triste la morgue. Quelle très grande idée !

Il adécida de s'en retourner à Marinella. À peine arrivé, il se but un demi-verre de whisky et puis sortit sur la plage.

À la limite des vagues, les marées des derniers jours avaient laissé une longue et large bande d'ordures. Sacs et bouteilles de plastique, emballages de divers genres, chaussures trouées, pneus, boîtes, bidons, le tout recouvert d'une espèce de mousse grisâtre qui, non content de ressembler à de la boue, puait beaucoup. Ça sentait la putréfaction, les choses pourries, la mort…

Autrefois – mais quand ? Il y a mille ans ? – les marées laissaient sur la rive des algues, des étoiles de mer, des coquillages… Et comme ça sentait bon ! C'était un véritable distillat d'air marin.

À une époque, Livia ramassait les coquillages.

Une fois, ils s'étaient même engueulés.

— Tu sais quoi, Salvo ? C'est bizarre, celles que je trouve à Boccadasse sont plus belles.

— Naturellement.

— Vu que tu le sais, tu m'expliques pourquoi ?

— Parce que celles de Boccadasse sont fausses, elles sont en plastique.

— Qu'est-ce que tu dis ?

— Je le sais de source sûre : ce sont les employés du syndicat d'initiative qui les jettent sur la plage pour les touristes.

Livia, qui n'avait pas compris qu'il galéjait, s'était mise en fureur.

Livia, mon Dieu !

Une émotion aussi soudaine qu'imprévisible l'assaillit, l'obligeant à courir à l'intérieur, à prendre le tiléphone, à faire le numéro.

Il entendit longtemps sonner dans le vide. Comme elle ne s'attendait pas à un coup de fil de lui à cette heure, Livia avait débranché. Peut-être pour se reposer un peu. C'était mieux comme ça.

Il se prit une douche, se prépara une grosse tasse de café, traîna dans la maison avant de s'en retourner au commissariat.

Fazio était déjà là, il lui raconta qu'après la tragique identification, il avait raccompagné le vieux plus mort que vif, l'avait confié aux voisins et alors, entre une chose et l'autre, n'avait pas eu le temps d'aller manger.

Ils adécidèrent de prendre la voiture de service conduite par Gallo pour se rendre à la villa et partirent.

Tandis qu'ils roulaient, Fazio demanda :

— Qu'est-ce que vous en pensez, de la réponse que le chef de bureau Ranno a donnée au père de Gerlando ?

— Qu'eux non plus ne s'expliquaient pas l'absence ?

— Oh que oui.

— C'est une réponse qui renforce 'nvolontairement le doute que j'ai eu sur leur manière d'agir. Comment ça, tu te l'expliques pas et tu fais rien pour te l'expliquer ? Alors, ça veut dire une seule chose : que tu as fait une hypothèse, mais que tu prifères ne pas bouger dans l'attente de la suite.

— Moi aussi, je pense comme ça. Et sur le fait que Gerlando ne voulait pas que son père mette les pieds chez lui depuis six mois ?

Là-dessus, Montalbano avait une explication, et bien claire en plus, mais il ne pouvait pas la communiquer à Fazio.

— Je ne sais quoi t'arépondre. L'histoire qu'Inge ne l'aimait pas est probablement vraie.

Il ne pleuvait pas, et même un peu de soleil pâle et absolument provisoire s'était pointé, et pourtant sur le chantier pirsonne ne besognait. Visiblement, Jacono le gardait encore sous scellés.

Ils s'arrêtèrent devant la villa qu'il n'était pas encore trois heures et demie. Gallo avait foncé. La Scientifique n'était pas arrivée. Ils descendirent de la voiture.

Avec un petit air 'ndifférent, Montalbano s'approcha de la porte. Il voulait vérifier que la douille était toujours là. Elle y était. Il voulut prendre ses précautions.

— Fazio !

— Je vous écoute, *dottore*.

— Viens là, à côté de moi et regarde, là où je pointe l'index. Tu la vois ? C'est ce que je pense ?

— Oh que oui. Une douille, c'est.

— Alors, il faut faire attention que ceux de la Scientifique ne marchent pas dessus et ne l'enfoncent pas.

Fazio prit quatre grosses pierres et les disposa autour de la douille pour la protéger.

La Scientifique arriva dix minutes plus tard. Par chance, leur chef n'était pas venu, il y avait son adjoint, Jannaccone, un homme 'ntelligent que Montalbano appréciait.

Fazio lui fit remarquer la douille. Elle fut photographiée puis glissée dans ‘ne petite enveloppe de plastique.

— On ouvre ? demanda Jannaccone.

— Allez, dit le commissaire.

Pendant qu'un agent trafiquait dans la serrure, Jannaccone demanda :

— Que pensez-vous trouver à l'intérieur ?

— C'est ici qu'habitait l'homme qui a été retrouvé assassiné par arme à feu à l'intérieur du tunnel. J'espère me tromper, mais je crains qu'il y ait le cadavre d'une femme, son épouse.

Il prononça cette grosse calembredaine en grand acteur, avec une expression sérieuse et la mine sombre.

— Ils n'avaient pas d'enfants ?

— Non. Il n'y avait qu'eux deux qui vivaient là.

Et cette précision, il la donna exprès, il voulait que la présence d'une tierce pirsonne soit une surprise aussi pour Jannaccone et réveille sa curiosité et son attention.

— Alors, nous allons entrer en premier. Je vous appelle après.

— C'est fait, annonça l'agent.

Au bout d'une dizaine de minutes, alors que Montalbano était à sa troisième cigarette, l'adjoint de la Scientifique reparut.

— Il n'y a pas de cadavre.

— Tant mieux, dit le commissaire en poussant un faux soupir de soulagement.

— Mais là-dedans, ils ne vivaient pas à deux, comme vous avez dit, commissaire. Il y avait une autre personne qui habitait avec le couple.

Montalbano regarda Fazio en adoptant avec maestria un air abasourdi. L'étonnement de son subordonné, lui, était authentique.

— Une autre personne ?

— Exactement.

— Écoutez, Jannaccone, je dois absolument…

— Je ne peux pas vous faire entrer, je regrette. Sur le sol, il y a des traces de boue que…

— Je vous en prie.

Les mots étaient ceux de la prière mais le ton, celui d'un commandement qui n'admet pas de refus. Jannaccone l'acomprit. Il secoua la tête, haussa les épaules, résigné.

— Bon, d'accord. Suivez-moi en file indienne et ne touchez à rien pour aucun motif.

Ils entrèrent. Les lumières avaient été allumées. Fazio regardait autour de lui comme pour photographier tout ce qu'il voyait.

— Il y a eu une lutte, souffla-t-il dans le dos de Montalbano, en fixant les deux chaises renversées.

— Eh oui.

Cette scène était imprimée dans la tête du commissaire.

Jannaccone les fit monter à l'étage et les conduisit dans la pièce devant l'escalier.

— Ça, c'était la chambre où dormait l'autre personne. Les maîtres de maison dormaient dans celle d'en face.

— Mais ce coussin est plein de sang ! Ils ont dû la malmener, cette personne, supposa Montalbano, feignant la surprise.

— Ils l'ont probablement frappée d'un coup de poing au visage pour l'obliger à se lever et à s'habiller, avança Jannaccone.

— Vous pourriez m'ouvrir l'armoire ? ademanda le commissaire.

Jannaccone l'ouvrit.

— C'était un homme et, à en juger par la couleur et la coupe des vêtements, d'un certain âge. Vous pouvez refermer, merci.

Quand ils sortirent nouvellement dans le couloir, Fazio hasarda :

— On pourrait voir l'autre chambre à coucher ?

— S'il vous plaît, toujours en file indienne.

Dès qu'ils furent dans l'autre pièce, Fazio fit 'ne observation plus pour lui-même que pour les autres.

— Pourquoi se sont-ils emporté les vêtements ?

— Lesquels ? voulut savoir Jannaccone qui n'avait pas acompris.

Ce fut Montalbano qui le lui expliqua.

— Il est clair qu'aussi bien la femme que le troisième homme, avant d'être enlevés, ont été contraints de s'habiller. Mais il manque aussi les vêtements de l'homme tué qui avait eu le temps de s'enfuir à bicyclette et qui a été retrouvé en caleçon et tricot de corps. Ici, il n'y a que les chaussures.

— Un moment, dit Jannaccone.

Il sortit et revint aussitôt.

— Ils ne sont pas dans la salle de bains.

— Alors, il est clair que les agresseurs se les sont pris, conclut le commissaire.

Il poussa un profond soupir avant de poursuivre :

— Écoutez, Jannaccone, il faut absolument identifier la personne qui dormait dans l'autre chambre.

— Vous savez, commissaire, nous avons le sang sur l'oreiller et nous trouverons certainement une grande quantité d'empreintes digitales. Ce sera un long travail, mais on y arrivera.

— Long comment ?

— Je prévois que la journée d'aujourd'hui ne suffira pas et qu'il faudra continuer aussi demain matin. Étant donné qu'il n'y a heureusement aucun cadavre, nous pouvons travailler en totale tranquillité.

— Alors je crois qu'il est inutile que nous restions.

— Je le crois aussi.

Durant le voyage de retour, ni Montalbano ni Fazio n'ouvrirent la bouche.

Chacun à sa manière aréfléchissait sur ce qu'il avait vu dans la villa.

Ils en parlèrent une fois arrivés au commissariat.

— D'après vosseigneurie, qui était l'homme âgé qui habitait chez Nicotra ?

— Je ne le sais pas et je ne veux pas faire d'hypothèses inutiles. Attendons la réponse de la Scientifique. Je peux seulement te dire 'ne chose certaine, c'est depuis combien de temps il était là : six mois.

— Comment vous savez ça ?

— C'est le père de Gerlando qui nous l'a dit indirectement quand il nous a révélé que ça faisait six mois que son fils ne le laissait plus entrer chez lui.

— Vrai, c'est. Et il le cachait bien, vu que ni la vieille de la maison voisine ni le père n'en ont parlé. Et les vêtements qui manquent ?

— Ils les auront pris pour ne pas perdre de temps à chercher les portables, le portefeuille, les papiers qu'il avait en poche… Ils ne savaient pas si Gerlando avait été touché ou pas, peut-être qu'il aurait pu donner l'alerte…

— Et maintenant, moi, je m'ademande si on voit bien l'affaire sous le bon jour.

— C'est-à-dire ?

— Si l'objectif de ceux qui sont entrés dans la maison, c'était Gerlando ou bien l'homme âgé.

— D'une seule chose j'acommence à avoir la certitude. Si Gerlando ne s'était pas enfui, il n'y aurait eu aucun mort, mais seulement l'enlèvement de trois pirsonnes. Enlèvement qui, peut-être, si tout s'était bien passé n'aurait duré qu'un ou deux jours, et pirsonne n'en aurait rien su.

— Mais Gerlando ou sa femme n'étaient pas riches au point de pouvoir payer une rançon.

— Gerlando ou sa femme, non, mais qu'est-ce qu'on en sait de l'homme âgé ? Et puis, il n'est pas dit que la rançon à payer doive toujours être en argent.

Il y eut une pause.

— À quoi penses-tu ? demanda Montalbano.

— Je suis en train de me presser la coucourde pour essayer de comprendre ce que cet homme faisait chez Nicotra. Dans un premier moment, j'ai pinsé qu'ils le retenaient prisonnier...

— Mais non ! Dans sa chambre, il n'y avait ni corde, ni bâillon...

— En effet. Je me suis aperçu qu'il était traité comme une espèce de pensionnaire. Vosseigneurie s'est fait une idée ?

— D'après moi, il avait été confié à Nicotra. Quelqu'un lui avait demandé de s'occuper de lui.

— Peut-être qu'il s'agit d'un type en cavale ?

— C'est possible. Mais ça ne me paraît pas le bon endroit pour cacher un homme recherché. La vieille, juste pour donner un exemple, m'a dit que souvent des voitures s'arrêtaient à la villa. Un type en cavale, on ne va pas le voir en plein jour, à découvert.

— Peut-être que ceux qui venaient le voir étaient des parents, des amis…

— Ça aussi, c'est possible. Mais il reste toujours une question sans réponse. Si ce n'était pas un type en cavale, pourquoi restait-il caché ? Quel motif avait-il ? Et ce devait être un motif très sérieux, passque quand on a localisé où il était, des gens ont fait un raid pour l'enlever, et ils n'ont pas hésité à tirer pour tuer.

— Donc, cet homme doit être un ponte, conclut Fazio.

Montalbano le fixa, pinsif :

— Peut-être bien que tu n'as pas tort.

SIX

Le commissaire consacra sa dernière demi-heure de bureau à la signature de papiers qu'on lui avait présentés comme les plus urgents. Un jour, il avait voulu faire une expérience. Il avait pris une feuille en haut de laquelle était écrit « Très urgent répondre immédiatement » et l'avait glissée dans un tiroir. Des mois et des mois s'étaient passés et pirsonne ne s'était aperçu qu'il n'avait jamais répondu. Donc, pirsuadé qu'il s'agissait d'un rituel bureaucratique inutile, il mettait désormais sa signature là où il devait la mettre sans même lire une ligne de ce qui y était écrit. Et ça marchait à la perfection, pour preuve le fait qu'il n'arecevait jamais de rappels de l'Administration. Puis il adécida qu'il avait assez besogné comme ça et qu'il s'était gagné son salaire journalier.

Il se leva, sortit et, en passant devant le cagibi de Catarella, le vit occupé à remplir une grille de mots croisés. Le front plissé, il rongeait son crayon.

— Je peux t'aider ?

— Oh que oui, *dottori*, y me manque un mot.

— C'est comment, la définition ?

— Au côté du Corps des carabiniers, donne la chasse aux voleurs et aux assassins et maintient l'ordre public.

— Combien de cases ?

— Six.

— Police.

— Vous êtes sûr ? Moi, j'y avais pinsé, et puis je l'écartai.

— Pourquoi ?

— Depuis quand, nous autres de la police, on donnerait la chasse avec les carabiniers à côté de nous ?

C'était indiscutable.

— Alors, ça veut dire que je me suis trompé. Je te dis au revoir.

Il prit sa voiture et s'en retourna à Marinella.

Il venait de démarrer quand il fut assailli tout soudain, avec la fureur d'un chien enragé, par une faim accumulée. Il n'avait pas pu manger à midi et maintenant son corps lui ademandait avec 'nsistance de réparer ça sans perdre de temps.

Puis, à vingt mètres de la déviation qui le conduisait chez lui, il dut s'arrêter parce qu'il y avait devant une queue infinie.

Et qu'est-ce qui avait bien pu se passer ? À cette heure, il y avait de la circulation, oui, mais pas au point de produire une file pareille. Certainement un accident provoqué par un chauffeur ivre ou drogué, comme ça arrivait de plus en plus souvent.

L'arrêt 'mprévu hissa son 'pétit à des niveaux déments.

Bientôt, il eut épuisé le répertoire complet de tous les jurons qu'il aconnaissait.

À un certain moment, pour couronner le tout, il s'aperçut qu'il n'avait plus de cigarettes.

Alors, il n'y tint plus et, en se mordant la langue, acommença la dangereuse manœuvre consistant à sortir précautionneusement de la file pour se mettre à contresens.

À ce moment précis, il entendit 'ne sirène s'approcher. C'était 'ne voiture de carabiniers. Il la laissa passer puis se colla derrière elle. Il franchit les vingt mètres en un éclair et prit la bretelle.

Il ouvrit la porte de la maison et fonça à la cuisine, la bave à la bouche.

Adelina lui avait préparé 'ne double portion de *sartù*[1] et, enfin !, une généreuse friture de calamars et crevettes. Cette dernière, après l'abstinence forcée, il se la dégusta lentement, en laissant échapper de temps en temps une espèce de gémissement de plaisir.

Après avoir débarrassé la table, il passa à la salle de bains, se lava longuement le visage à l'eau froide. C'était 'ne espèce de priparation au coup de fil à Livia. Après, il se sentait plus détendu et donc capable de mieux encaisser le coup au cœur que lui infligeait sa voix si triste et lointaine.

Il l'appela.

C'était fini, le temps des longues conversations téléphoniques nocturnes qui se terminaient souvent en engueulades. Livia se couchait tôt, morte de fatigue d'avoir dû survivre encore un jour.

Tout de suite, il s'aperçut qu'elle avait une voix différente, beaucoup plus vive, et il s'en réjouit.

— Tu te sens mieux ?

1. Timbale de riz avec viande hachée, petits pois, mozzarella.

— Un petit peu. Aujourd'hui, c'était une belle journée et j'en ai profité pour sortir et faire quelques achats indispensables.

— De toute manière, tu devrais sortir un peu plus, chaque jour, prendre l'air, bouger, te promener…

Il avait mal entendu, ou bien Livia avait émis un petit rire ? Si ça pouvait être vrai !

— Je crois qu'à partir d'aujourd'hui, je vais être obligée de le faire.

Montalbano s'étonna.

— Et qui va t'y obliger ?

— Devine.

— J'y arrive pas.

— Un petit être qui en ce moment même dort sur mes genoux.

Le commissaire acomprit tout de suite.

— Tu as pris un chien ?

— Je l'ai fait. Un chiot vraiment minuscule qui a commencé à me suivre dans la rue et ne m'a plus lâchée. Ça m'a émue et je me le suis pris.

— Tu as très bien fait. Tu verras, ça te fera de la compagnie. Tu devrais le mener au vétérinaire.

— Je le ferai demain matin.

Bien. Comme ça, une chose en amenant une autre, et comme il lui faudrait promener le petit clebs, elle recommencerait à sortir chaque jour.

— Comment tu vas l'appeler ?

— Je n'ai pas encore décidé.

Ils parlèrent encore un moment, se souhaitèrent bonne nuit en s'envoyant un baiser à distance.

Mentalement, Montalbano alluma 'n très gros cierge au pied de la statue du saint inconnu, mais certainement existant, qui protégeait l'animal.

Ensuite, il s'assit devant le téléviseur pour regarder le journal de dix heures. Il se régla sur Televigàta, il était curieux d'entendre l'interprétation qu'ils donnaient du meurtre de Nicotra.

Souvent et volontiers, Televigàta assumait le rôle de porte-parole officieux de la Mafia. C'était un fait connu que parmi les actionnaires de la chaîne, figuraient des prête-noms aussi bien des Cuffaro que des Sinagra.

Apparut Ragonese, le journaliste numéro un, qui trouvait toujours moyen de l'attaquer, de parler mal de lui pour une raison ou une autre, pour le discréditer auprès de l'opinion publique vigataise.

... a été identifié, en fin de matinée, par son père. Nous avons réussi à nous mettre en communication avec le dottor *Domenico Augello du commissariat de Vigàta, lequel nous a dit ne pas être autorisé à faire de déclaration. Le style Montalbano, fait principalement d'une arrogance injustifiée et d'un mépris total envers l'information, prévaut malheureusement dans notre commissariat. Parmi les différentes hypothèses qui circulent quant au mobile du meurtre, l'une nous paraît la plus convaincante et, par respect pour le devoir d'informer, nous la portons à la connaissance de nos téléspectateurs. La belle et jeune Inge, épouse du malheureux comptable Gerlando Nicotra, avait, disons, du goût pour les aventures extraconjugales. Cette nuit fatale pour le comptable, qui avait l'habitude de prendre des somnifères le plongeant dans un lourd sommeil, en s'éveillant de manière inattendue, il découvrait que sa femme n'était pas à ses côtés dans le lit. Au bout d'un moment, ne la voyant pas revenir,*

il s'est levé et, comme un bruit de conversation lui parvenait du rez-de-chaussée, il s'est prudemment penché en haut de l'escalier. Et c'est ainsi qu'il eut la possibilité de voir sa femme entre les bras d'un autre homme. S'armant d'un pistolet, il descendait pour les menacer tous deux. L'amant de la femme, nullement effrayé, réussissait, après une brève lutte, à désarmer le comptable. Lequel, craignant pour sa vie, tentait de prendre la fuite sur la bicyclette de sa femme. L'amant tirait alors sur lui et, aussitôt après, s'enfuyait avec l'épouse. Cette hypothèse, répétons-le, est celle qui nous convainc le plus. D'autre part, nul n'ignore que le comptable Nicotra était un homme d'une conduite exemplaire et un employé modèle qui...

Il éteignit, il en savait assez.

D'après tout ce dont il se souvenait, et aussi qu'il avait lu, il était de tradition, en Sicile, que chaque crime mafieux soit, pour commencer, mis sur le compte d'une affaire de cocus.

Le lendemain apporta l'offrande d'un soleil triomphant et d'un ciel sans nuages.

Montalbano en fut si surpris et content qu'il entonna, lui qui chantait si faux, « *e lucevan le stelle*[1]... ».

Et sous la douche aussi, il poursuivit son numéro musical mais à un moment, il s'interrompit d'un coup.

Il lui avait semblé entendre sonner le tiléphone.

Il tendit l'oreille, gardant en l'air la main qui tenait le rasoir.

1. Air de la *Tosca* de Puccini, rendu célèbre par l'interprétation de Pavarotti.

Rin.

Mais ça avait probablement sonné, avant de s'arrêter.

Et alors ?

Et alors, très cher Salvo, tu veux voir que t'es vraiment en train d'adevenir sourd ?

La bonne humeur disparut d'un coup et fut remplacée par un accès de fureur contre lui-même.

« Moi, j'entends très bien, t'as compris, connard ? » lança-t-il au visage reflété dans le miroir.

Et le visage du miroir arépliqua :

« Écoutez-le, celui-là ! Le con, c'est toi qui ne veux pas prendre conscience de la réalité ! »

« Mais quelle réalité ? »

« Celle du beau petit âge que t'as ! »

La dispute fut interrompue par la sonnerie du tiléphone.

— Tu vois que j'entends ? cria le commissaire au visage du miroir avant d'aller répondre.

C'était Mimì Augello.

Ce qui l'étonna : Augello ne l'appelait jamais à Marinella, il préférait que ce soit d'autres qui le dérangent chez lui.

— C'est toi qui as tiléphoné tout à l'heure ?

— Oui.

Hélas ! Le tiléphone avait bel et bien sonné.

— Qu'est-ce qu'il y a, Mimì ?

— Je veux des instructions.

— Sur quoi ?

— Si je dois croire ce que j'ai appris à l'instant d'un coup de fil anonyme.

Tout s'éclaircit. Ce grandissime cornard et fils de radasse d'Augello prenait sa revanche pour la solennelle remontée de bretelles qu'il lui avait infligée. Mais il ne pouvait faire autrement que d'entrer dans le jeu.

— Qu'est-ce que tu as appris ?

— Que cette nuit, on a brûlé une voiture dans la campagne Riggio et que la carcasse est encore fumante.

— C'est bon. Va voir de quoi il s'agit.

— T'es sûr ?

Le ton ironique de Mimì le mit en alerte.

— Et pourquoi pas ?

— Passque Fazio, qui est à côté de moi, me dit que la campagne Riggio touche la campagne Pizzutello.

— Merde ! s'exclama Montalbano.

— Tu vois ? Je te dis au revoir et je te passe Fazio.

— Allô, *dottore* ? Je dirais que ça vaut la peine…

— … d'aller jeter un coup d'œil ? Je suis d'accord.

— D'ici une demi-heure au maximum, je viens vous prendre avec la voiture de service de Gallo.

Après être repassés devant le chantier désert, ils virent devant la villa les deux voitures de la Scientifique.

— On leur demande à quel point ils en sont ? demanda Fazio.

— Non. Continuons.

Le magasin-bar-restaurant clandestin de la vieille était ouvert et en pleine activité : un client en sortait avec un sac en plastique, un autre y entrait.

Une centaine de mètres plus loin, il y avait à main droite une traverse. Gallo la prit et la voiture parut d'un coup se transformer en un navire au milieu des vagues. La draille n'était qu'une succession de montagnettes et de gros pertuis dont la bagnole avait du mal à s'extirper.

Et le paysage aussi avait changé.

Tout alentour, aussi loin que le regard portait, le terrain ne devait plus être cultivé depuis de très nombreuses années et maintenant c'était 'ne étendue d'herbasse sauvage 'nterrompue de temps à autre par les ruines de maisonnettes qui ressemblaient, dans leur blancheur, à des ossements dans le désert.

À l'intérieur du véhicule de service, personne ne parlait, cette désolation décourageait la conversation.

— Mais on est sûr que ce damné coup de fil anonyme n'est pas un foutage de gueule ? demanda à un moment Montalbano qui commençait à en avoir plein le cul.

— La voilà, dit Fazio.

À gauche, le terrain en pente était couvert de milliers de pierres blanches qui semblaient placées là exprès pour former une sorte d'esplanade et juste au milieu, comme une espèce de monument funèbre, se détachait la carcasse noire de l'automobile.

Gallo quitta la route de terre, conduisit le véhicule près de la voiture brûlée, arrêta le moteur et ils descendirent.

La puanteur âpre de la peinture, du caoutchouc, des sièges mangés par le feu était encore forte.

Aussi bien le capot du moteur que la partie supérieure du coffre étaient soulevés à moitié et froissés.

À leur grand soulagement, ils purent constater 'mmédiatement qu'il n'y avait aucun *catafero*.

Non sans peine, Fazio réussit à déchiffrer le numéro de la plaque arrière.

— Aucun doute possible, dit-il. C'est la voiture de Nicotra.

Montalbano garda le silence.

À ce moment, un serpent long de plus d'un mètre et demi, vert vif, sortit d'entre deux pierres blanches, effleura très vite les chaussures du commissaire qui sauta sur une autre pierre.

— Au moins, il y a des êtres vivants, remarqua Montalbano.

— Moi, je m'ademande ce que veut dire cette histoire, remarqua Fazio. Si dedans, y avait le *catafero* d'Inge, alors, ça avait un sens, on pouvait comprendre le pourquoi et le comment mais là…

— Il est clair que pirsonne ne nous a tiléphoné depuis cet endroit oublié de Dieu pour nous dire qu'y avait une voiture cramée. Le coup de fil est venu de l'un de ceux qui ont mis le feu. Ils voulaient que ça se sache. Et ça explique l'anonymat.

— Mais pourquoi ils ont fait ça ?

— Pour se servir de nous comme facteurs.

— Je comprends pas.

— Nous, on va devoir dire officiellement qu'on a trouvé cette voiture, non ? Et comme ça, le message arrivera à qui il doit arriver. À l'évidence, il y a des négociations en cours.

— Moi, j'arrive toujours pas à m'expliquer pourquoi ils se sont emmené c'te voiture.

— Ils ne pouvaient pas faire autrement.

— Vous m'expliquez ?

— Les deux qui arrivent à la villa n'ont qu'une seule mission : enlever l'homme âgé. Ils l'auraient emmené couché sur le siège arrière de leur auto, attaché et caché par une couverture. Les Nicotra, ils les auraient laissés vivants mais en les empêchant de donner l'alerte tout de suite. Sauf que Gerlando croit devoir s'enfuir et que l'un des deux lui tire dessus. À c'te point, tout change, les deux hommes ne savent plus quoi faire et décident, pour une raison ou une autre, d'enlever aussi la femme. Alors l'un emmène l'homme âgé dans leur voiture, en le mettant sur les sièges arrière et donc, par force, l'autre doit utiliser la voiture des Nicotra pour enlever Inge. Ça te paraît tenir ?

— Oh que oui. Et maintenant, qu'est-ce qu'on fait ?

— Maintenant, on s'en retourne au commissariat. Le plus tôt sera le mieux. Ici, c'est pas un endroit où s'attarder cinq minutes de plus.

— Je préviens la Scientifique ?

— Bien sûr. Même s'ils ne vont rien trouver. Mais c'est ce qu'ils veulent qu'on fasse et nous, bien obéissants, on leur donnera satisfaction.

— Je le leur dirai quand on passera devant la villa. Inutile de rester pour leur tiléphoner.

En entrant, il lança à Catarella :

— Envoie-moi Augello.

— Il n'est pas sur les lieux, *dottori.*

— Qu'est-ce que ça veut dire, qu'il n'est pas sur les lieux ?

— Vous connaissez pas le signifiement de ce mot ? Vous voulez galéjer ? Ça signifie qu'il n'est pas se trouvant sur les lieux, mais sur un autre.

Montalbano fit comme s'il n'avait pas compris.

— Comment ça ? Moi, je ne suis pas là, Fazio est avec moi et, lui, il va se promener ? Et qui garde la maison ?

— Moi, je la garde, *dottori*, répliqua Catarella avec orgueil.

Montalbano préféra ne pas s'attarder là-dessus.

— Il a fait dire où il allait ?

— Oh que non, *dottori*.

— Depuis combien de temps il est sorti ?

— Disons depuis plus de deux heures, *dottori*. Juste après que Fazio sortit pour aller vous chercher à Marinella, le *dottori* Augello areçut un coup de fil et il partit en courant très vitement, en se faisant accompagner par l'inspecteur Vadalà.

— Appelle-le sur le portable.

— Tout de suitement, *dottori*.

Et peu après :

— Injoignable, il est, *dottori*.

« Un de ces jours, c'est moi qui vais le rendre injoignable ! » pinsa le commissaire mais il ne le dit pas passqu'il se trouvait devant Catarella qui le fixait comme si le responsable de l'injoignabilité d'Augello, c'était lui.

Il entra dans son bureau furibond. Mais c'était quoi, cette façon de faire ? Se pouvait-il qu'Augello ne se rende pas compte des catastrophes qui pouvaient arriver s'il ne restait que Catarella pour s'occuper du commissariat ? Imaginons que le questeur ait envie de venir faire une visite 'mprovisée… À cette idée, il se sentit glacé. À la seconde où Augello rentrerait, il le boufferait tout cru.

Fazio apparut.

— *Dottore*, je viens de recevoir un coup de fil de Vadalà qui a accompagné le *dottor* Augello passque…

— Ah oui, bravo, dis-le-moi, le pourquoi. Comme ça, je vais savoir enfin ce qui se passe dans c'te commissariat !

Fazio, qui connaissait le motif de la fureur du commissaire poursuivit sur sa lancée.

— … passqu'on a tiré sur Saverio Piscopo.

— Et c'est qui, celui-là ?

— Comment ça ? Vous vous arappelez pas ? C'est ce maçon que le *dottor* Augello avait arrêté…

Montalbano s'arappela et fut pris de sueurs froides.

Pas seulement à cause de la nouvelle mais aussi parce que, peut-être, il était en train de perdre même la mémoire. Si c'était le cas, il était prêt pour l'hospitalisation.

Il ne serait même plus capable de promener le chien de Livia, il se l'oublierait dans la rue. Aveugle, sourd et amnésique. Pas autonome. On ne voudrait même plus de lui à l'hospice.

— Hein ? fit-il en voyant que Fazio était en train de dire quelque chose. Et juste après, redoutant que l'autre se confirme dans l'idée qu'il était sourdingue, il pricisa :

— J'étais distrait, excuse-moi.

— Je disais que, par chance, ils ne l'ont pas tué.

— Ah non ?

— Non, mais il est dans un état très grave. On l'a conduit à l'hôpital de Montelusa. Vadalà dit qu'ils sont en train de terminer les interrogatoires des témoins et que d'ici une demi-heure, ils seront rentrés.

Fazio sorti, il jugea bon de tiléphoner à Gambardella mais son portable était éteint.

On faisait payer à Piscopo d'avoir parlé au journaliste, d'abord en essayant de l'envoyer en taule sous une fausse accusation et puis en tentant de le tuer.

C'était un avertissement clair et précis : qui collabore avec Gambardella risque sa vie.

Et donc, la situation étant bien claire aux yeux de tout chacun, après on était libre de parler ou de ne pas parler au journaliste.

Signe certain que ce dernier avait mis la main dans une affaire qui puait la merde.

SEPT

Augello se pointa 'ne vingtaine de minutes plus tard, la face sombre comme un nuage d'orage. Manifestement, il était bouleversé, fou de rage à cause de ce qui était arrivé.

— Catarella m'a dit que tu as mal pris que... Excuse-moi, Salvo, mais quand j'ai su qu'il s'agissait de Piscopo, j'ai été pris à contre-pied étant donné que c'est moi qui...

— Tu es plus qu'excusé, Mimì. Maintenant, assois-toi, calme-toi et raconte-moi comment ça s'est passé.

— Ce malheureux venait juste de sortir de chez lui pour aller besogner quand deux hommes sur 'ne moto sont arrivés dans son dos et lui ont tiré une balle, en le chopant en plein dans la nuque.

— Un professionnel.

— C'est sûr. Piscopo est tombé. La moto s'est arrêtée, le tireur, qui était assis à l'arrière, est descendu pour lui donner le coup de grâce. Mais il n'a pas eu le temps parce qu'est arrivé en courant un brigadier de la Garde des Finances qui a tiré deux fois sur lui. Alors, l'homme est remonté sur la moto et ils ont fui sans répliquer. Quelqu'un a appelé une ambulance qui est arrivée tout de suite.

— Tu es allé au 'pital ?

— Oui.

— Il est dans quel état ?

— C'est très grave, on doit lui retirer la balle qui, à ce qu'il semble, n'a fait qu'effleurer le cerveau. Il devrait s'en sortir.

Il marqua une pause, fixa le commissaire.

— On est sûr que c'est pas un règlement de compte entre dealers ?

— Mimì, ils ont essayé de le tuer pour une tout autre raison, qui n'a rin à voir avec la drogue. Quelqu'un parmi les témoins a reconnu les types à moto ?

— Ils portaient des casques intégraux.

Une autre pause. Et puis :

— Salvo, juste pour me mettre l'âme en paix, je peux savoir de quoi il s'agit ?

Montalbano le mit au courant de l'enquête que menait Gambardella.

— Si c'est comme tu dis, je commence à avoir une certaine frousse, dit Augello.

— C'est-à-dire ?

— Y sont capables de finir le boulot qu'ils ont acommencé jusque dans le 'pital. J'en suis certain. Ils ont manqué leur coup deux fois et ils doivent donc être enragés.

— Tu as raison. Tu peux faire 'ne chose. Tiléphoner au proc' Jacono et lui ademander l'autorisation de mettre un de nos hommes de garde, jour et nuit, devant la chambre de Piscopo.

— Je vais tout de suite lui en parler en pirsonne, répondit Mimì. On se voit plus tard.

Dès qu'il mit le pied dans la trattoria, il fut submergé par un grand barouf de cris et de rires. Toutes les tables de la salle, y compris celle où il s'asseyait chaque jour, étaient occupées en majorité par des jeunes qui portaient le même maillot bleu et blanc. Il s'immobilisa, éberlué. Enzo s'avança.

— Vosseigneurie, je vous ai placé dans l'arrière-salle.

— *Ma cu sunno* ? C'est qui ?

— Les joueurs de l'équipe de Vigàta.

Montalbano y comprenait que dalle aux histoires de ballon. L'arrière-salle contenait deux petites tables, libres l'une et l'autre. C'était mieux comme ça, il mangerait tranquille. Il commanda le hors-d'œuvre. Pendant qu'il attendait, apparut un garçon dans les vingt-cinq ans, avec le maillot bleu et blanc.

— Excusez-moi, commissaire.

— Venez.

Le gars s'avança. Il était intimidé. Il resta debout.

— Vous désirez ?

— Je m'appelle Nicola Piscopo et je suis le neveu de Saverio. Si vosseigneurie peut me rendre un service...

— De quoi s'agit-il ?

— Ce matin, j'ai demandé au 'pital de Montelusa si je pouvais passer la nuit avec mon oncle et on m'arépondit que non. Si vosseigneurie peut dire un mot pour moi...

— Je n'ai pas cette autorité. De toute manière, ton oncle est bien soigné, à l'hôpital.

— Pour le traitement, je suis tranquille. J'ai peur d'autre chose.

Ils échangèrent un regard, se comprirent.

— Si ça peut te tranquilliser, sache que j'ai demandé l'autorisation de placer un garde armé dans la chambre de ton oncle.

— Merci, dit le gars.

Il s'inclina à demi et sortit.

Jannaccone s'apprésenta au commissariat en début d'après-midi.

— Comme on a fini le travail et qu'on rentre à Montelusa, vu que je passais…

Il n'était pas tenu de faire un rapport à Montalbano, c'était une bonne manière qu'il lui faisait.

Le commissaire le remercia et fit appeler Fazio.

— Il nous a fallu tout ce temps, commença Jannaccone, parce que nous nous sommes entêtés à chercher quelque chose qui devait forcément y être et qu'en fait nous n'avons pas réussi à trouver. Ce n'est qu'à la fin que nous avons eu l'explication.

— Pardon, Jannaccone, dit Montalbano qui n'avait rien compris. Qu'est-ce que vous n'avez pas trouvé ?

— Les empreintes de l'homme âgé.

Ce fut comme s'il avait tiré un coup de revolver. Montalbano et Fazio en restèrent bouche bée.

— Ça paraît absurde, mais c'est ainsi, continua Jannaccone. Je vous donne juste un exemple. Sur sa table de nuit, il avait un flacon de médicaments pour le cœur. Eh bien, pas d'empreinte dessus, et pas non plus sur le verre placé à côté.

— Les assaillants les ont effacées ?

— J'ai tout de suite été persuadé que non. Ça aurait été pratiquement impossible d'effacer les empreintes d'un homme qui habite dans une maison depuis des mois et surtout en peu de temps. Et attention, seulement de cet homme, en laissant en revanche celles des Nicotra.

— Et alors ?

— Nous avons résolu le mystère presque par hasard, parce qu'il m'est venu à l'idée de fouiller dans la poubelle. Il y avait deux paires de gants de fil très sales. À l'évidence, le vieil homme les portait en permanence, il ne les ôtait jamais, pour aucune raison, même quand il se couchait et dormait.

— Vous avez trouvé des gants encore prêts à l'usage ?

— Non. Peut-être que sa réserve était terminée et qu'il en aurait acheté le jour même.

— Ce qui signifie, observa Montalbano, que cet homme s'inquiétait de ne pas laisser d'empreintes... C'est parce qu'elles sont certainement enregistrées.

— C'est ce que je pense aussi, approuva Jannaccone. Et je veux vous dire une autre chose bizarre. Dans le tiroir de la table de nuit du vieil homme, il y avait un revolver calibre 9 de fabrication russe.

— Ce qui confirme que cet homme n'était pas blanc bleu, avança Fazio.

— Mais le plus beau, continua Jannaconne, c'est qu'un autre revolver identique se trouvait dans le tiroir de la table de nuit des Nicotra.

— Des armes russes ? demanda le commissaire, en quête de confirmation.

— Oh que oui.

— Peut-être que ces revolvers sont venus par la même voie que les kalachnikovs qui arrivent en ce moment, conclut Fazio.

— En somme, c'est comme des armes fournies en dotation, dit Montalbano.

— Exactement, acquiesça Jannaccone.

— D'autant qu'il ne me semble pas que Nicotra ait un permis de port d'armes, 'ntervint Fazio.

— Pour le reste, des empreintes en grande quantité. Ce sera un long travail de vérifications et de confrontations. Nous verrons si nous serons plus chanceux avec le sang sur l'oreiller.

— Une dernière question. La douille que vous avez récupérée devant la porte de la villa, elle est de quelle fabrication ?

Jannaccone sourit.

— Non, *dottore*, Nicotra, on lui a tiré dessus avec un Beretta parfaitement italien. Notre amour de la patrie est sauf.

— Qu'est-ce que vous en pensez ?

— La chose la plus simple. Que ceux qui avaient confié le vieux à la garde de Nicotra avaient pinsé à la possibilité d'une attaque et qu'ils les avaient armés tous les deux. Mais les autres ne leur ont pas laissé le temps de réagir. Alors, la question est toujours la même : qui est l'homme âgé ? Avec une question secondaire : et pourquoi sa pirsonne a-t-elle tant de valeur ?

— Et comment on répond ?

— En cherchant, d'abord, à s'éclaircir les idées. En commençant par faire un tri. Je veux que tu me dises, d'ici demain matin, les noms, prénoms et âges des mafieux de la province en cavale.

— Mais vosseigneurie disait que ça pouvait ne pas être un type en cavale.

— C'était une supposition. Dont je suis toujours pirsuadé. Maintenant, on va essayer d'en avoir la certitude.

— Je vous dérange ? demanda Augello depuis la porte.

— Non, Mimì, entre. Qu'est-ce qu'il t'a dit, le proc' ?

— Ce matin, ce grandissime cornard m'a fait faire trois heures d'antichambre et il ne m'a pas reçu.

— Jacono a ce vice.

— Cet après-midi, enfin, il a daigné m'accorder une demi-heure, mais il n'y a pas eu moyen de le convaincre de mettre un homme de garde pour Piscopo au 'pital.

— Et pourquoi ?

— Passqu'il s'est entêté comme ça. À propos, je suis passé au 'pital. L'opération a réussi et il va se reprendre. J'ai entendu le docteur le dire aux journalistes et aux gens de la télé.

— Comme ça, ils vont encore tenter de le tuer. Et ils le feront le plus vite possible pour me prendre par surprise. Peut-être cette nuit même, pour que ça impressionne plus et que ceux qui ont l'intention de parler se cousent la bouche.

— Je contresigne.

Il avait dit une chose au neveu de Piscopo, c'était comme une promesse qu'il avait faite et, maintenant, il devait la maintenir.

— Alors, faisons comme ça. Choisis. Ou de onze heures à deux heures, ou de deux à cinq.

— Comprends pas.

— On va y aller, nous deux, monter la garde. On n'est pas autorisés, mais on ne peut pas nous en empêcher. Et en plus, étant donné que nous sommes volontaires, ils ne sont même pas tenus de nous payer les heures supplémentaires.

— Et moi ? demanda Fazio.

— Toi, ce sera pour la nuit suivante.

— Je choisis le premier tour, dit Augello.

— Alors, informe-toi dans quel service il est…

— Je sais tout. Soins intensifs. Deuxième étage gauche. Il a une chambre pour lui, la 18.

Il s'en retourna à Marinella, ne mangea que les aubergines à la parmesane pour garder l'estomac léger, souhaita rapidement la bonne nuit à Livia, qui lui parut aller beaucoup mieux grâce au chiot, et alla se coucher.

Il se fit trois heures de bon sommeil et le réveil, à une heure, finit sa première charge avant qu'il puisse ouvrir l'œil.

Il se lava grosso modo, ne se rasa pas, se but en compensation deux grands bols de café et partit pour Montelusa. Il n'y avait pas de circulation.

À deux heures moins cinq, il gara la voiture sur le parking presque désert du 'pital, prit le pistolet dans la boîte à gants, le glissa dans sa poche, sortit du véhicule, entra dans le bâtiment.

— Vous allez où ?

Dans le hall, un gardien de nuit était assis derrière un comptoir avec quatre tiléphones et autres appareils.

— Le commissaire Montalbano, je suis.

— Ah oui. Votre collègue nous a avertis. Montez, alors.

Naturellement, comme ça lui arrivait toujours au 'pital, il se trompa d'ascenseur. Il arenonça et se tapa l'escalier. Dans lc couloir, il y avait la veilleuse qui faisait plus d'ombre que de lumière. La porte 18 était fermée. Il frappa doucement.

— Qui est-ce ?

— Montalbano, je suis.

La porte s'ouvrit. Augello apparut.

— Entre.

La chambre était coupée en deux par une cloison vitrée munie d'une porte.

D'un côté, dans la partie la plus spacieuse, se trouvait ce qui devait être Piscopo, la tête bandée, avec 'ne grande quantité de fils qui partaient de son corps et finissaient dans des machines mystérieuses au bourdonnement de mouche.

De l'autre côté, il y avait tout juste assez de place pour une petite table et deux sièges. Mimì les avait disposés de manière à pouvoir s'asseoir sur l'une et poser ses jambes sur l'autre.

— Comment ça s'est passé ?

— Je me suis fait chier à mort.

— Tant mieux.

Ils se dirent au revoir et Augello sortit.

La première chose que le commissaire pinsa fut qu'il ne s'était rin apporté à lire. Grossière erreur. Trois heures sans rin faire, ça durerait une vie.

La deuxième fut que s'il restait un tout petit peu plus d'une heure à mater Piscopo, arrangé qu'on aurait dit un personnage de film 'méricain sur le 'pital, à tous coups il devenait dingue à se cogner la tête contre le mur.

En tout cas, il aréfléchit que, par la porte principale, il serait impossible d'entrer sans être arrêté par le gardien. Peut-être que ce serait plus facile de passer par les urgences.

Mais rester coincé dans cette chambre, comme l'avait fait Mimì, ce ne serait pas une bonne idée. Se retrouver comme bloqué avec la cible de l'éventuel assassin signifiait avoir peu d'espace pour agir.

Alors, il prit la chaise, la mit dans le couloir, sortit de la chambre, ferma la porte, s'assit.

Au bout d'un moment, ses paupières commencèrent à papilloter. Sainte Mère, le sommeil lui tombait dessus !

Il entendit des pas s'approcher, se redressa sur sa chaise, c'était 'ne infirmière. Elle entra dans une chambre voisine, y resta une dizaine de minutes, sortit et remonta le couloir, disparaissant en silence.

Il vint à Montalbano 'ne envie irrésistible de fumer 'ne cigarette. À main droite, après trois autres chambres, le couloir finissait par une 'ne porte-fenêtre. S'il réussissait à l'ouvrir, il pourrait fumer en gardant facilement à l'œil la 18.

Il se leva, arriva à la porte-fenêtre, tourna la poignée. Elle s'ouvrait.

Alors, il s'arrangea pour pouvoir être avec le corps moitié dedans moitié dehors.

Il allait prendre le paquet de cigarettes quand il s'aperçut que la petite terrasse servait de palier à une échelle anti-incendie.

Il s'immobilisa, pinsif.

Heureusement qu'il lui était venu l'envie de fumer ! Passque cette échelle, à laquelle il n'avait pas songé, était la meilleure voie pour entrer dans le 'pital sans être vu.

Mais lui non plus ne voulait pas être vu de l'extérieur. Même s'il n'y avait guère de risque, vu l'obscurité profonde.

Il alla prendre la chaise et la plaça à la porte-fenêtre. En restant assis, il se mettait à l'abri des regards du dehors.

Et enfin, il put allumer sa cigarette.

Il l'avait presque terminée quand il entendit distinctement, au milieu du silence absolu de la nuit, un bruit métallique venant de l'escalier de fer. Ça dura un moment puis ça cessa.

Qu'est-ce que ça pouvait être ?

Puis il acomprit. C'était quand on tirait l'extrémité de l'escalier pour la descendre jusqu'à terre que se produisait ce bruit.

Il entendait bien, très bien, tu parles d'être sourdingue !

Donc, quelqu'un montait.

Et maintenant, comment agir ? Sortir et l'arrêter tout de suite ou attendre qu'il arrive à la porte-fenêtre ?

Il prit la seconde option.

Très doucement, il referma, éloigna la chaise, sortit le revolver, se tapit contre le mur où arrivait la lumière pâle d'une lampe lointaine.

Il attendit.

Au bout d'un moment, un homme apparut sur la terrasse et ouvrit lentement et prudemment la porte-fenêtre.

Il eut à peine le temps de faire un pas à l'intérieur du couloir que Montalbano surgissait devant lui revolver en main.

— Police ! Ne bouge plus !

Une fraction de seconde, l'homme resta comme paralysé.

Puis il réagit, foudroyant et silencieux, en balançant un ramponneau dans le visage de Montalbano.

Le coup fut si violent que le commissaire vacilla en arrière et recula de quelques pas, tandis que le sang commençait à couler de son nez écrasé.

Pendant ce temps, l'homme était sorti sur la terrasse et se précipitait dans l'escalier.

Encore hébété, le commissaire sortit à son tour pour crier :

— Arrête-toi ou je tire !

Mais l'homme n'en tint pas compte et continua à descendre l'escalier en sautant les marches deux à deux.

Montalbano fit de même.

L'homme toucha terre et se mit à courir vers le parking.

Le commissaire lui aussi arriva au sol et à cet instant, un complice de l'homme, dont il n'avait pas remarqué la présence, lui balança un puissant coup de crosse à la nuque.

Montalbano tomba à terre, comme un veau à l'abattoir.

Il ne sut combien de temps il resta évanoui.

Il revint à lui avec une grande douleur dans la tête. Sa chemise et sa veste étaient couvertes de sang. Et du sang devait avoir coulé de son crâne.

Un silence total régnait. Pirsonne ne s'était aperçu de ce qui s'était passé.

Il aréussit à se remettre debout et se dirigea vers les urgences en zigzaguant.

Il était hors de lui.

— Sainte Mère ! Belle petite madone ! Mais qu'est-ce qui fut, *dottori,* eh ? Un accident automobilitique, il y eut ? Vous avez un nez qu'on dirait, sauf votre respect, 'ne aubergine ! Ça vous fait mal ?

— Oui, il y a eu un accident, mais rin de grave. Envoie-moi Augello et Fazio dans mon bureau et puis appelle le proc' Jacono.

Fazio et Augello entrèrent et écarquillèrent les yeux.

— Mais qu'est-ce qui fut ? demanda Mimì.

— Il fut que tu as du cul.

— Quel rapport ?

— Le rapport, c'est que si t'avais choisi le second tour de garde, à cette heure, le nez en aubergine et trois points de suture sur le crâne, c'est toi qui les aurais.

— Mais qu'est-ce que tu vas chercher ? C'était un hasard ! protesta Augello.

Le tiléphone sonna. C'était Jacono. Montalbano mit le haut-parleur.

— *Dottore*, je vous appelle pour vous informer que cette nuit, un individu s'est introduit dans l'hôpital de Montelusa pour assassiner Piscopo.

Jacono dut être surpris, il parla après un moment de silence.

— Qu'est-ce que vous me racontez ? Qui vous l'a dit ?

— Personne ne me l'a dit, c'est moi qui ai mis cet homme en fuite.

— Et qu'est-ce que vous faisiez à l'hôpital ?

— Je montais la garde dans la chambre de Piscopo. Et avant, c'est mon adjoint, le *dottor* Augello, qui le faisait. C'est lui qui est venu vous demander de prévoir une protection adéquate pour Piscopo. Ce que vous avez obstinément refusé. Si nous n'avions pas été là, vous auriez à répondre devant vos supérieurs d'une grave défaillance.

— Ben. Je ne pensais pas que…

— Vous avez changé d'idée, maintenant ?

— Ben, il me semble que les faits…

— Alors, permettez-moi un conseil. Faites transférer Piscopo dans un autre hôpital en maintenant le secret sur son transfert. Si vous le laissez là, ces gens-là essaieront encore, avec ou sans garde. Bien le bonjour.

Il raccrocha, soulagé.

— Et maintenant, dis-nous comment ça s'est passé, demanda Mimì.

Montalbano leur raconta tout.

— Mais l'homme, quand il est entré, il avait 'ne arme en main ? demanda Fazio.

— Non, il ne l'avait pas. Il ne pouvait pas marcher dans le couloir avec une arme en vue. Si d'une chambre voisine était sorti un médecin, une infirmière… Mais il était certainement armé, comme son complice au pied de l'escalier.

— Pendant que tu le poursuivais dans l'escalier, pourquoi tu ne lui as pas tiré dessus ? interrogea à son tour Augello.

— Passque j'avais compris qu'ils n'avaient aucune 'ntention de me tirer dessus ni de faire du barouf. Leur mission était de liquider sans bruit Piscopo, pour finir la besogne.

HUIT

Puis Montalbano se tourna vers Fazio, ouvrit la bouche mais l'autre ne lui laissa pas le temps d'émettre une syllabe.

— C'est fait, dit-il.

Le commissaire sentit le sang lui monter à la tête et il vit rouge.

Quand Fazio prononçait c'tes maudites paroles, c'était à grand-peine qu'il réussissait à se contrôler. Mais cette fois, les digues rompirent.

— Et putain de merde ! explosa-t-il en flanquant un grand coup de poing sur le bureau.

Fazio et Augello commencèrent par échanger un regard ahuri puis se tournèrent vers le commissaire avec une expression 'nterrogative.

Montalbano acomprit qu'il devait donner 'ne explication mais certainement pas la vraie. Mais comme il lui arrivait souvent en ces occasions, il ne lui vint rien à l'esprit.

Alors *'mpapocchiò*, c'est-à-dire qu'il s'embrouilla dans un bobard.

— Tout à coup, je m'arappelai que… tout à coup je m'oubliai de m'arappeler que… Rin, les gars, 'ne histoire privée. Excusez-moi, continuons. Qu'est-ce que je disais ?

— Vous me demandiez si j'avais fait la liste…

— … des mafieux en cavale, oui. Tu l'as faite ?

— Je la fis, arépondit Fazio.

Et il tira de sa poche une feuille. Mais avant d'acommencer à lire, il voulut rassurer le commissaire qui déjà le regardait de travers.

— Aucune donnée d'état-civil, hormis les noms, prénoms et âges.

— Un instant, 'ntervint Augello. Je peux savoir de quoi vous parlez ?

Le commissaire le lui expliqua en détail. Et enfin, Fazio put lire.

Il apparut que les individus recherchés dans la province étaient six, dont trois trentenaires, deux quadragénaires et un seul, Pasquale Villano, avait soixante-cinq ans.

— D'après les vêtements qu'il y avait dans l'*armuàr*, la seule probabilité, c'est Pasquale Villano, conclut Fazio.

— C'te nom, ça me dit quelque chose, annonça Augello. Attendez que je vais vérifier.

Il se leva, sortit de la pièce, revint une minute plus tard une photo à la main.

— Elle est accrochée dans le couloir à côté de celle des autres recherchés, expliqua-t-il, en la posant devant Montalbano.

Lequel la fixa et dit :

— Ça peut pas être lui.

— Pourquoi ?

— Passque là, y a écrit qu'il mesure 1,49 m, alors que les vêtements dans l'*armuàr* appartiennent à un homme de stature normale. Donc il est confirmé qu'il ne s'agit pas d'un type de la province en cavale.

— Et, en conséquence, pas non plus d'une pirsonne soumise au contrôle judiciaire.

— Et donc, il ne se cachait pas pour nous échapper, à nous autres, conclut Fazio.

— Mais n'oublie pas, remarqua le commissaire, qu'il s'agissait d'une cachette relative.

— Dans quel sens, relative ?

— Dans le sens que des gens venaient lui rendre visite, nous l'avons su avec certitude, en plein jour et sans prendre de précautions particulières. Amis ou parents qui savaient où il était.

— Alors, je m'ademande, avança Augello, si au lieu de quelqu'un qui se cache, il ne s'agissait pas plutôt d'un reclus volontaire ?

— Explique-moi ça.

— Ça m'est difficile… Mettons que quelqu'un se met à l'écart, il ne se montre plus alentour pendant une certaine période si en échange on fait 'ne certaine chose…

— Ça se pourrait. Mais comment expliquer les armes qu'ils avaient en dotation ? Il y avait peut-être quelqu'un absolument opposé à c'te pacte que tu imagines ?

— Et pourquoi pas ? Quelqu'un qui voulait que les choses prennent une autre direction.

— Je commence à avoir un terrible mal de tête, dit Fazio.

— Et alors, imagine-toi, moi, avec une tête qui me fait mal pour son propre compte, répliqua le commissaire.

Le tiléphone sonna.

— *Dottori,* il y aurait qu'il y a dessus la ligne M. Gambabella, lequel voudrait…

— Passe-le-moi.

— *Dottor* Montalbano ?

— Oui. J'ai essayé de vous joindre mais…

— Je sais tout. Je voudrais vous parler. Ce soir, je pourrais…

— À huit heures et demie, ça vous va ?

— Ça me va très bien, merci.

Il raccrocha. Le bref échange avec Gambardella lui avait rappelé quelque chose.

— Tu sais si le chantier de la canalisation est encore sous scellés ? demanda-t-il à Fazio.

— Oh que non, il ne l'est plus.

— Alors, ils ont recommencé à besogner ?

— Il me semble pas.

— Et comment ça se fait qu'ils bougent pas ?

— Sincèrement, je ne sais pas.

— Sûr que c'est drôlement bizarre. Chaque jour d'arrêt leur fait perdre beaucoup d'argent.

— Aujourd'hui même, je vais tâcher d'en savoir plus.

— *Dottore*, qu'est-ce qui fut ? Qu'est-ce que vous vous êtes fait à la tête ? demanda Enzo en le voyant entrer dans la trattoria.

— Rin, 'ne connerie. Je glissai et je tombai.

— Et comment ça se fait que vous vous êtes fait mal en même temps au nez et au crâne ?

Ouh, quel tracassin !

— D'abord je me cognai en avant et ensuite en arrière.

Pas d'autre question, sinon :

— Qu'est-ce que je vous apporte ?

Examen réussi. Manger à contrecœur, dans sa vie, ça lui était arrivé au grand maximum quatre ou cinq fois mais avec ce jour, ça ferait la sixième.

Et le fait qu'il n'aréussissait pas à s'en donner l'explication empirait tout.

Pour se distraire, il adécida de se faire l'habituelle promenade le long du môle jusque sous le phare. Le soleil était planqué derrière les nuages et la mer était grise. L'humeur noire du commissaire se fit encore plus noire.

Il s'assit sur un rocher plat, s'alluma une cigarette.

Sur ce même rocher, il y avait, tout au bord de l'eau, un inévitable crabe que quelquefois il taquinait en lui balançant des petits graviers.

— J'ai pas envie de jouer, lui dit-il. Et tu me ferais un grand plaisir si tu me laissais seul.

Courtoisement, le crabe disparut dans l'eau.

Et à cet instant précis, va savoir pourquoi, il comprit la raison de sa mauvaise humeur.

Il était en train de mener une enquête avec très exactement l'enthousiasme qu'il éprouvait en signant des papiers au bureau.

Certes, il 'nterrogeait des gens, il allait examiner les lieux, discutait avec Fazio, il avait failli se faire briser le crâne, mais c'était comme si le vrai Montalbano s'en était allé ailleurs et avait donné une délégation à 'ne mauvaise copie, 'ne copie privée d'intuition et d'idées, 'ncapable de faire des connexions et des déductions, sans élan, sans passion, sans vitalité…

Pourquoi cela ?

La fatigue de l'âge ?

Non, ça ne pouvait être ça la raison, passque si ça avait été le cas, il l'aurait compris tout de suite et son honnêteté l'aurait poussé à remettre 'mmédiatement sa démission.

Et alors, où était-il, le vrai Montalbano ?

La réponse, claire et nette, il la sut à l'instant même où il se posa la question.

À Boccadasse, il s'atrouvait.

Auprès d'une pauvre femme malade et désespérée, à lui tenir compagnie, à lui apporter amour et réconfort…

C'était cette pinsée constante, toujours présente, comme un poids sur son cœur et sa coucourde, qui ne lui permettait pas une pleine lucidité, prête à saisir jusqu'au tremblement d'une feuille, à comprendre quand deux et deux ne font pas quatre, qui ne lui permettait pas une vraie rapidité de réaction.

Et alors, comment tu t'en sors, Montalbà ?

En me faisant une promesse solennelle. Voilà comment je peux m'en sortir.

Je me prends encore un jour. Puis, si je me sens toujours pareil, je passe la main sans y réfléchir à deux fois. À Mimì Augello.

Et je m'en vais à Boccadasse. Et j'y reste jusqu'à ce que Livia redevienne comme avant.

— *Dottore*, il y a des bruits qui traînent au pays, mais pour une fois, ils sont tous d'accord.

— Et qu'est-ce qu'ils disent, ces bruits ?

— Ils disent que la besogne au chantier de la canalisation a été arrêtée d'autorité à la suite d'un contrôle surprise effectué par trois inspecteurs de la Région.

— Quand est-ce qu'ils l'ont fait ?

— Exactement l'après-midi du lendemain de la découverte du *catafero* dans la galerie.

— Attends, mais comment ils ont pu faire l'inspection si le chantier était encore sous scellés ?

— C'était seulement le tunnel qui était sous scellés. Et les inspecteurs de la Région, il leur a suffi de mater le tunnel de dehors pour dire qu'il n'était pas en règle avec ce qui avait été fixé au moment de l'approbation du contrat d'appel d'offres.

— Et comment il aurait dû être ?

— Vosseigneurie, vous avez vu comment ils étaient mis, les trois tuyaux ?

— Ils étaient enterrés.

— Précisément. Ils avaient été glissés sur la terre nue. Et ça n'aurait pas dû être comme ça. Ils auraient dû, selon le contrat, être disposés à l'intérieur d'un vrai tunnel de ciment suffisamment haut, pour faciliter la réparation en cas de rupture.

— Et donc, maintenant, ils devraient aretirer les tuyaux, faire le tunnel de ciment et puis les glisser de nouveau ?

— Exact.

— Et pourquoi ils ne le font pas ?

— Passque ceux de Rosaspina disent que ça n'a pas été leur faute, mais celle de la Région qui, n'ayant pas encore payé ce qui aurait dû l'être à mi-parcours des travaux, les a contraints à s'arranger pour ne pas perdre de temps. Maintenant, le coût des matériaux ayant augmenté, s'ils veulent un tunnel de ciment, le devis augmente. Mais la Région n'a aucune envie de débourser davantage.

Montalbano resta un moment pinsif, puis dit :

— C'est sûr que c'est curieux.

— Quoi ?

— Le moment de l'inspection.

— Vosseigneurie pense qu'il y a un rapport entre le meurtre de Nicotra et l'arrivée des inspecteurs ?

— C'est pas une pinsée, c'est une sensation.

— Vous me la dites ?

— Imagine que deux groupes concurrents arrivent à un accord secret de manière à ce qu'un des deux groupes puisse faire un certain travail. C't'accord se base sur un équilibre difficile, personne ne doit déconner. Mais à un certain moment, arrive un événement qui déséquilibre tout. Il faut tout recommencer, avec des règles nouvelles. Les inspecteurs venus de Palerme ont, comment dire, congelé la situation.

— Et d'après vosseigneurie, qu'est-ce qui se passe si par hasard on ne trouve pas un accord ?

— Alors les deux groupes redeviennent ennemis. Je ne te l'avais pas dit que j'avais l'impression qu'il y avait des négociations en cours ? Je suis plus que sûr que d'ici quelques jours, nous comprendrons ce qui s'est passé. Et alors nous pourrons bouger à notre tour.

Le tiléphone sonna.

— *Dottori*, il y aurait qu'il y a étant sur les lieux Me Varbera Nino, lequel voudrait parler avec vosseigneurie pirsonnellement en pirsonne.

— Attends un peu.

Et puis, à l'adresse de Fazio :

— Tu l'aconnais, un certain Me Varbera Nino ?

— Ça doit être l'avocat Nino Barbera, membre du conseil d'administration de Rosaspina, celui qui a recommandé…

— Ah oui, d'accord. C'est bon, Catarè, amène-le ici.

Maître Barbera était un quinquagénaire courtaud, élégant, pommadé, l'air sûr de lui.

Les inévitables et cérémonieuses présentations exécutées, le commissaire le fit asseoir devant lui et attendit, un sourire amical aux lèvres, qu'il se mette à parler.

— *Dottore*, je ne sais pas si vous êtes au courant que je suis membre du conseil d'administration de la société Rosaspina dans laquelle travaillait le pauvre Gerlando Nicotra.

Montalbano ne pipa mot, il continua à le fixer sans se départir de son sourire affable.

— Je dois dire pour commencer que c'est moi qui ai insisté pour que Nicotra, qui travaillait dans la société à laquelle nous avons succédé, continue avec nous. Je n'ai aucune raison de cacher que j'avais reçu de fortes pressions dans ce sens d'un de mes bons amis, le député Carratello, adjoint aux Travaux publics. Le pauvre Gerlando s'est révélé tout de suite un employé consciencieux, honnête, attaché à son travail, d'une compétence rare... Une perte vraiment irréparable.

Montalbano continuait à sourire sans parler. On aurait pu le croire en catalepsie, il ne bougeait pas un muscle.

— Mais j'en viens à l'essentiel. Le coffre-fort de la société se trouve dans mon bureau. Nous y conservons, plutôt que de l'argent liquide, des documents comptables importants. Nous ne sommes que deux à en avoir les clés, le pauvre Nicotra et moi. Dans le coffre-fort, je conservais aussi mon pistolet, un Beretta. J'ai le port d'armes. Eh bien, hier, en ouvrant le coffre-fort pour la première fois depuis la tragique disparition du pauvre Nicotra, j'ai découvert, à ma très grande stupeur, que l'arme n'était plus là.

Montalbano resta encore quelques secondes 'mmobile. Puis il se secoua.

— Vous avez bien regardé ? demanda-t-il, sérieux comme un pape.

— Mais bien sûr !

— Et il n'y était pas ?

— Vous avez vérifié si, par hasard, il n'a pas glissé dans un dossier ?

— J'ai vérifié !

— Et qui peut l'avoir pris ?

— Je vous ai précisé qui avait les clés, non ?

Mais le commissaire, qui se régalait, voulait que ce soit justement l'avocat qui avance le nom.

— Oui, mais cela ne signifie rien. Vous pouvez avoir momentanément prêté la clé à quelqu'un qui...

— Je l'exclus.

— Peut-être que c'est le pauvre Nicotra qui l'a prêtée.

— Je l'exclus aussi.

— Et alors ?

Et l'avocat, tiré par la bride, finit par s'adécider.

— Je regrette d'avoir à dire ce que je vais dire. Mais ce n'est que Nicotra qui a pu le prendre.

— Le pauvre Nicotra, le corrigea Montalbano.

— Ah oui, oui, certainement.

— Pour en faire quoi, d'après vous ?

Pour la première fois depuis qu'il était entré, l'avocat parut un peu moins sûr de lui.

— Mais peut-être... je rapporte ce que j'ai entendu dire, attention... en somme, au pays, il court le bruit insistant que Inge, sa femme, une bien belle femme, allemande, a un amant… et alors, peut-être que lui, l'apprenant, fou de jalousie…

— J'ai compris. D'après vous, il se serait emparé du pistolet pour tirer sur l'amant ?

— Je ne vois pas pour quel autre motif…

— Sauf que, au lieu de tuer l'amant de sa femme, c'est l'amant de sa femme qui l'a tué, lui.

Me Barbera écarta les bras et poussa un profond soupir résigné.

— Malheureusement, c'est comme ça que ça s'est passé.

— Vous savez quoi, maître ? Les hommes de la Scientifique ont retrouvé une douille devant la porte de la villa du pauvre Nicotra. Ils croient que le pauvre Nicotra a été tué par une arme de fabrication italienne. Il pourrait s'agir de votre Beretta.

L'avocat prit une mine désespérée.

— Si j'avais pu prévoir…

— Que voulez-vous y faire ? Il faut se résigner. Vous n'avez aucune responsabilité.

Il recommença à lui sourire avec affabilité.

— Écoutez, maintenant, allez avec Fazio dans son bureau déposer la plainte pour vol de votre arme. Je vous remercie vivement pour votre collaboration.

Fazio eut vite fait d'enregistrer la plainte. Il revint aussitôt dans le bureau du commissaire. Il avait 'ne question à lui poser, qu'il gardait par-devers lui depuis un moment.

— Pourquoi vous n'avez pas dit à l'avocat que l'histoire du pistolet ne tenait pas, vu que Nicotra possédait 'ne autre arme ?

— Aréfléchis, Fazio. Barbera est venu ici lancer une sonde, faire 'ne espèce d'essai. Il voulait voir comment je réagissais, si je pitais. J'ai fait semblant de piter. Et lui, maintenant, il va rapporter que j'ai avalé l'histoire du pistolet. Et ils vont faire un autre pas. Passqu'il est clair que nous sommes aux premières répliques d'une comédie qu'ils vont jouer. Mais en attendant, l'avocat nous a révélé, sans le vouloir, 'ne chose 'mportante.

— À savoir ?

— Qu'eux, ils ne savaient pas, et ils continuent à ne pas savoir, qu'aussi bien le vieux que Nicotra étaient armés.

— Et ça, ça nous mène où ?

— Ça nous mène à avoir en main 'ne bonne carte à poser au bon moment.

Arrivé à Marinella, la première chose qu'il fit fut de tiléphoner à Livia. Il avait peur que, s'il finissait tard avec Gambardella, Livia soit couchée quand il l'appellerait.

Le tiléphone sonna longtemps sans que pirsonne n'aréponde. Peut-être que Livia avait eu 'ne mauvaise journée et était déjà allée se terrer au fond de son lit, débranchant le téléphone et le contact avec le monde extérieur. Il était sur le point de raccrocher quand il entendit :

— Allô ? Allô ?

C'était la voix de Livia, un peu haletante, mais forte et claire comme il ne l'entendait plus depuis longtemps.

— Excuse-moi, Salvo, mais pendant que j'ouvrais la porte, j'ai entendu le téléphone sonner et…

— Tu étais sortie ?

— Oui. Je suis morte de fatigue.

— Tu étais dehors depuis longtemps, alors ?

— Oui, ça fait quatre heures que…

Il avait du mal à en croire ses oreilles. Ça faisait des mois que c'était le bout du monde si elle sortait une demi-heure !

— … je cours partout. À cause de Selene.

— Et qui est-ce ?

— Ah oui, je ne te l'ai pas dit.

— Tu as appelé ton chien Selene ?

— Oui.

— Mais Selene, c'est un nom féminin, il me semble !

— Et en fait, Selene est une petite chienne. Elle est un peu malade et c'est pour ça que j'ai voulu consulter deux vétérinaires. Excuse-moi, Salvo, mais là, j'y pense : tu crois que je suis assez stupide pour ne pas savoir ce que signifie Selene ?

Sainte Marie, quelle merveille ! Quelle magnifique surprise ! Dans la voix de Livia était revenue cette note particulière qui annonçait le début d'une engueulade. Dieu soit loué de leur avoir fait la grâce de c'te Selene ! Il voulut vérifier et la provoqua.

— Si ça avait été moi à la place de Selene, tu n'aurais sûrement pas appelé deux docteurs pour moi.

— Mais t'es complètement idiot ! Tu te compares à un chien, maintenant ?

Livia s'était reprise, pas de doute.

— Je plaisantais, ma chérie.

Ça finit du mieux possible.

Quand il eut raccroché, le commissaire, de contentement, eut envie de faire la roue. Mais heureusement, il se retint. S'il l'avait fait, on aurait sûrement dû le ramener au 'pital et lui faire d'autres points sur la tête.

Il s'adirigeait vers la cuisine pour aller voir ce que lui avait priparé Adelina, quand on sonna à la porte. Il alla ouvrir.

NEUF

Malgré la douceur de la soirée, ils renoncèrent par prudence à s'asseoir sur la véranda, quelqu'un risquait de passer et de les voir.

— Que s'est-il passé ? demanda Gambardella en le dévisageant.

Le commissaire n'eut pas d'hésitation à lui raconter tout ce qui s'était passé au 'pital.

— Avec ce système, ils ont terrorisé à mort tout le monde et ont fait le vide autour de moi, commenta Gambardella. Mon enquête est pratiquement à l'arrêt. Et pourtant, il y aurait beaucoup à découvrir, entre autres à la suite de quelque chose qui s'est passé hier.

— Je ne sais rien de ça.

— Il y a quelques mois, Albachiara a emporté l'appel d'offres pour la construction d'une prison dans la zone Riguccio, entre Montelusa et Vigàta. Il y a quinze jours, le chantier a démarré mais, avant-hier, les travaux ont été stoppés.

— Par qui ?

— Par la Région.

— Pour quel motif ?

— Bah… parce qu'une clause importante, ajoutée d'un commun accord, a été omise, par erreur ou exprès, dans la copie du contrat en possession d'Albachiara.

À cet instant, une pinsée passa par la coucourde du commissaire, rapide comme une étoile filante. Mais il ne réussit pas à la saisir. Ça le mit mal. En d'autres temps, ça ne lui serait pas arrivé.

Mais il vit mentalement autre chose. Et la dit aussitôt, dans la crainte de l'oublier.

— Si je ne me trompe, vous m'aviez dit que vous vouliez vous mettre en contact avec une personne qui vous avait été signalée par Piscopo…

— Oui, l'ex-contremaître Filippo Asciolla. Piscopo m'avait révélé qu'il avait été licencié par Albachiara pour un désaccord avec le directeur des travaux et qu'il voulait se venger.

— Vous lui avez parlé ?

Gambardella grimaça.

— Malheureusement, j'ai perdu quelques heures avant de l'appeler et, entre-temps, il a appris ce qui était arrivé à Piscopo. Donc il a compris qu'il était dangereux d'avoir affaire à moi.

— Qu'est-ce qu'il a fait ?

— Il a coupé tout de suite la communication en disant qu'il n'avait aucune déclaration à faire sur son travail à l'Albachiara et en me demandant de ne plus l'importuner.

— Alors, canal coupé ?

— Pas exactement. Je lui ai aussitôt envoyé un mot dans lequel je prenais l'engagement solennel que, s'il se décidait à me dire quelque chose, je ne donnerais jamais son nom et qu'une éventuelle rencontre se déroulerait dans le secret absolu.

— Vous avez eu une réponse ?

— Oui. Celle-là.

Il tira de sa poche une feuille pliée et la tendit au commissaire. C'était une photocopie.

Monsieur Gambardella,

Je vous préviens que si vous ne cessez pas de me téléphoner sans arrêt, je m'adresserai au commissariat pour porter plainte pour harcèlement.

Vous voulez me convaincre, en me promettant beaucoup d'argent, de déclarer une chose qui n'est pas vraie, à savoir que j'ai été licencié de la société Albachiara parce que je n'étais pas d'accord avec l'utilisation de matériaux défectueux dans la construction de l'ensemble scolaire de Villaseta. C'est une contre-vérité. La cause de mon licenciement a été la discussion que j'ai eue avec l'ingénieur Riggio, directeur des travaux, pour des motifs qui ne regardent pas la qualité des matériaux.

J'espère avoir tout éclairci et ne plus entendre parler de vous.

Asciolla Filippo

— Elle est très claire. Allez savoir par qui il se l'est fait écrire.

— Je sais qu'il a une fille, très mignonne et douée, en terminale.

— Vous lui avez offert de l'argent ?

— Non, naturellement.

— Combien de coups de fil lui avez-vous passés ?

— Un seul, sans même faire allusion à la raison pour laquelle je voulais le rencontrer. C'est lui m'a dit qu'il n'avait rien à révéler sur son travail chez Albachiara.

— Donc, cette lettre a un but précis. Asciolla veut qu'on sache publiquement qu'il n'a pas l'intention de collaborer avec vous. C'est un geste très malin.

— Je l'ai compris aussi. Et j'ai secondé Asciolla.

— Comment ?

— Ce que vous avez lu est une photocopie. L'original, je l'ai mis dans ma poche et, ce matin, je suis allé dans les bureaux d'Albachiara. Comme journaliste, je voulais connaître le motif de l'interruption des travaux. Mais une espèce de garde au portail m'a empêché d'entrer au motif que je n'avais pas de rendez-vous. J'ai protesté, braillé et, en sortant mon mouchoir, j'ai laissé tomber à terre l'enveloppe contenant l'original. Je suis certain qu'à cette heure, le conseil d'administration d'Albachiara en a pris connaissance.

— J'en suis certain moi aussi. Comment comptez-vous poursuivre ?

— Je ne bouge plus. Je dois montrer que j'ai interrompu tout rapport avec Asciolla. C'est à lui de faire le pas suivant.

Ils parlèrent encore un peu. Montalbano lui ademanda des nouvelles de son fils puis Gambardella prit congé.

Tandis que le dîner se réchauffait au four, il alla se fumer une cigarette sur la véranda. Au ciel, il y avait une lune énorme. Quand il était minot, il y voyait un visage souriant. Il la mata longtemps, jusqu'à ce qu'à force de bonne volonté et d'autosuggestion, il lui semble revoir le sourire.

Il rentra et, dans le réduit où il conservait le vin, il prit une bouteille de prosecco qu'il glissa dans le freezer.

Il mit la table et mangea lentement, savourant chaque fourchette jusqu'au fond de son âme. Puis il débarrassa, laissant le verre, ramena le reste à la cuisine et revint avec la bouteille. La déboucha.

Dans le silence, que le froissement léger et constant du ressac rendait plus dense, le bruit du bouchon qui sautait sonna sèchement, tout pareil à un coup de feu.

Il se leva, remplit le verre puis, quasiment au garde-à-vous, il le leva, bras tendu vers la lune.

— Je te remercie, Selene, dit-il.

Après le coup de fil de Livia, il savait qu'il pouvait continuer l'enquête l'esprit serein.

Il se descendit les trois quarts de la bouteille et puis alla se coucher.

Un instant avant de s'endormir, il lui revint à l'esprit que pendant qu'il parlait avec Gambardella, il lui était passé par la tête 'ne chose... 'ne chose...

C'était quoi ? Trop tard.

La spirale du sommeil l'agrippa, l'entraînant dans l'abîme.

Il s'était à peine assis à son bureau que le tiléphone sonna.

— *Dottori*, il y aurait qu'il y a sur les lieux M. Terrazzino, lequel voudrait parler...

— Il t'a dit ce qu'il voulait ?

— Attendez que j'y ademande.

Et après quelques instants :

— Il dit que lui, M. Terrazzino, ce serait qu'il est le propriétaire d'une villa campagne Rizzutello où qu'habitait le *catafero* tué appelé Nicotira.

Et qu'est-ce qu'il lui voulait ? En tout cas, mieux valait l'entendre.

— Fais-le entrer et envoie-moi Fazio.

Fazio et Terrazzino, qui était un petit sexagénaire bien vêtu, entrèrent ensemble. Fazio s'assit, mais Terrazzino, avant de s'installer sur un siège, tira sur les plis de son pantalon, ajusta sa veste, sa cravate et ses lunettes. Montalbano, qui était resté muet à le mater, put enfin ouvrir la bouche…

— D'après ce que j'ai compris, vous, monsieur Terrazzino…

— Pour être précis, je m'appelle Terrazzano, Emilio Terrazzano.

— Excusez-moi. Vous seriez le propriétaire de la villa où habitaient Nicotra et sa femme ?

— Oh que oui, monsieur. Mais, pour être précis, je dois faire une précision. Je suis un homme précis et ordonné. Notez que moi, la villa, je l'avais louée, il y a huit ans, à la fille allemande, laquelle, à l'époque n'était pas encore mariée à Nicotra.

— Expliquez-moi ça.

— Pour être précis, Inge arriva à Vigàta quand elle avait à peine vingt ans, comme fiancée d'un maçon, un certain Pino Pennisi. Après quelques mois, elle le quitta parce qu'elle était devenue la maîtresse de don Gaetano Pasanisi. Toujours pour être précis, don Gaetano l'installa dans la villa mais voulut, pour éviter les cancans, que le contrat soit au nom de la jeune fille. Puis, il y a six ans, don Gaetano mourut et la petite se consola tout de suite avec Nicotra qui se la maria.

— J'ai compris. Et, pour être précis, vous êtes ici pour quoi ?

— Toujours pour être précis, je peux d'abord poser une question ?

— Certainement.

— Est-il vrai qu'on n'a pas de nouvelles d'Inge et que sa voiture a été brûlée ?

— Précisément.

— Alors, je suis ici pour vous dire que hier soir, quelqu'un au nom d'Inge m'a téléphoné d'Allemagne. Il était sept heures et demie, pour être précis.

Montalbano et Fazio écarquillèrent les yeux puis échangèrent un regard ébahi. Celle-là, ils ne s'y attendaient pas.

— Vous êtes sûr qu'il appelait d'Allemagne ?

— Mon cher commissaire, le numéro qui apparaissait sur le téléphone n'était pas de chez nous et l'homme parlait italien, mais avec un fort accent allemand.

— Qu'est-ce qu'il voulait ?

— Il me communiquait la résiliation du bail et me faisait remarquer que, le mois en cours ayant été payé, il restait en ma possession la caution des trois mensualités versées au moment de la signature du contrat. Il fallait que je fasse un état des lieux et, s'il n'y avait pas de dégradations ou de dégâts à mettre sur son compte, que j'envoie l'argent, sous la forme d'un chèque au nom d'Inge, à l'adresse de l'avocat en question.

— Il vous a laissé son nom et son adresse ?

— Les voilà.

Il tendit une feuille au commissaire.

« Me Rudolf Sterling, Wochenerstrasse 142 Bonn ».

Montalbano la lui restitua après l'avoir recopiée.

— Qu'est-ce que vous avez l'intention de faire ?

— Je voudrais savoir si je peux entrer dans la villa pour voir avec précision dans quel état elle l'a lâchée et, s'il y a des dégâts, les évaluer pour retenir le montant correspondant sur la caution.

— Je ne crois pas qu'il y ait de difficultés, surtout si nous vous accompagnons. Mais le problème, c'est qu'on n'a pas les clés, il faudra…

— Pour être précis, j'en ai un double, annonça Terrazzano. S'ils n'ont pas changé la serrure depuis le temps…

Montalbano prit aussitôt une décision.

— Vous êtes libre ?

— Oui.

— Allons-y tout de suite, trancha-t-il.

À mi-chemin de la route de campagne, le chantier abandonné était 'ne grande tache sombre et sale surgie au milieu de la verdure qui depuis deux jours explosait avec une force irrésistible.

Et cette vie renouvelée, fraîche, brillante, faisait apparaître le chantier comme une plaie infectée et sans remède.

Ce fut alors que dans l'esprit de Montalbano revint, claire et précise, la pinsée qu'il avait eue pendant qu'il parlait avec Gambardella et qu'il n'aréussissait plus à préciser.

— Quand on sera de retour au commissariat, rappelle-moi que je dois te raconter quelque chose à propos des chantiers, dit-il en touchant l'épaule de Fazio qui conduisait.

Ils s'arrêtèrent devant la villa. Descendirent.

Terrazzano, qui avait déjà la clé en main, la glissa dans la serrure, la tourna. La porte s'ouvrit. Ils entrèrent.

Fazio ouvrit les fenêtres. Par chance, la Scientifique avait tout laissé suffisamment en ordre.

— Je dois tout examiner avec précision, annonça Terrazzano.

— Je n'en doutais pas, répondit Montalbano.

Terrazzano mit deux heures pour tout contrôler, des robinets et leur tuyauterie aux sièges des chiottes et évacuations afférentes, des plafonds et contre-plafonds aux tomettes du sol et à l'état des murs, avec 'ne méticulosité qui faillit mettre les nerfs au commissaire.

Quand ils revinrent au rez-de-chaussée, Montalbano eut soudain l'idée de poser une question :

— Pour être précis, saviez-vous que, depuis quelques mois, les Nicotra avaient un hôte à demeure ?

— Oui. Inge me l'a dit un jour où je l'ai rencontrée par hasard. Pour être précis, cours Garibaldi.

— Elle vous a dit qui c'était ?

— Oui. Un de ses oncles. Elle était restée orpheline très jeune et cet oncle a été pour elle comme un deuxième père.

Montalbano et Fazio ne surent que dire.

Dans cette histoire, plus rien ne collait.

— Nous pouvons y aller, j'ai fini, annonça Terrazzano.

Fazio referma les fenêtres. Ils sortirent. Terrazzano verrouilla la porte.

— Il ne me reste plus qu'à rendre la caution entière, dit-il.

— Et le garage, vous ne le regardez pas ?

— Mais le garage, ça ne me concerne pas. Pour être précis, je n'ai même pas la clé.

— Qu'est-ce que ça veut dire, que ça ne vous concerne pas ?

— Ça signifie qu'il y a environ six mois, Inge m'a téléphoné en me demandant la permission de construire un garage pour leur voiture sur le terrain à côté de la villa et moi, j'ai consenti, à condition qu'il soit entièrement sous leur responsabilité.

— Vous avez dit « il y a environ six mois ». Pouvez-vous être plus précis ?

Terrazzano aréfléchit un moment.

— Avec une précision absolue, annonça-t-il enfin. Il y a six mois et demi. J'en suis sûr parce que ce jour-là...

Mais Fazio et Montalbano ne l'écoutaient plus. Ils se fixèrent dans les yeux et se comprirent.

Parce que avec l'arrivée de l'oncle présumé, il avait fallu construire un garage.

Montalbano se tourna vers le garage.

Les types de la Scientifique avaient rabaissé le rideau de fer mais pas jusqu'au sol et sans verrouiller.

Ses jambes se mirent en mouvement d'elles-mêmes, sans que la coucourde leur en donne l'ordre.

Il se baissa, agrippa la poignée du rideau de fer, le releva.

Mais il y avait quand même peu de lumière.

Il fit un pas en avant, chercha l'interrupteur de la main droite, appuya mais la lumière ne s'alluma pas.

L'ampoule était peut-être grillée.

Il fit deux pas à l'intérieur.

Terrazzano monta dans la voiture, vu que la chose, pour être précis, ne le concernait pas. Fazio, en revanche, entra dans le garage et, 'nstinctivement, appuya sur l'interrupteur.

Rin.

Fazio essaya deux fois de suite et, enfin, la lampe s'alluma.

Il n'y avait pratiquement rin à voir, sinon, dans un coin, une paire de pneus. Sur une étagère, un marteau, trois tournevis, 'ne tenaille. À terre, un chiffon crasseux.

Le sol de ciment, découpé en grands carreaux, était taché au milieu d'huile de moteur.

Fazio lança un regard interrogatif au commissaire. Pourquoi restait-il immobile, les yeux mi-clos, comme s'il écoutait une chanson au loin ?

Puis, sans bouger, Montalbano dit à voix basse :

— Baisse le rideau.

Fazio obéit.

— Éteins la lumière mais n'appuie qu'une seule fois sur l'interrupteur.

Étonné, Fazio s'exécuta.

La lumière ne s'éteignit pas.

— Maintenant, essaie de nouveau mais en pressant deux fois.

La lumière s'éteignit.

— Maintenant allume en ne poussant qu'une fois.

L'obscurité demeura.

— Essaie deux fois.

La lumière revint.

Alors, Montalbano s'approcha de l'interrupteur, un gros modèle industriel recouvert de plastique épais mais transparent, le scruta, fit un pas en arrière, continua de le mater, pinsif. Fazio, pour ne pas le déranger, retenait sa respiration.

Puis Montalbano demanda :

— T'aurais pas dans ta voiture un truc pointu pour faire un pertuis dans le mur ?

— Oh que non.

Le commissaire jura.

— Mais, continua Fazio, sur cette étagère, il y a un marteau et trois tournevis. On peut essayer.

— Alors, amène-moi la lampe de poche que t'as toujours dans la voiture mais sans te faire remarquer de Terrazzano. Et prie-le d'avoir encore un peu de patience. D'ici un quart d'heure, on aura fini.

Quand Fazio revint, Montalbano se fit remettre la lampe et puis lui dit de baisser le rideau de fer et d'allumer selon la méthode qu'ils connaissaient maintenant.

Puis il alluma la torche.

— Qu'est-ce que vous cherchez ? demanda Fazio.

— Comme tu peux le voir, les fils du courant électrique sont encastrés dans le mur. Mais si le mur est mal crépi, comme c'est le cas ici, la trace du fil finit par affleurer. Et avec la lampe, on la voit mieux. Maintenant, en partant de l'interrupteur, on va regarder vers le haut à la perpendiculaire.

— La voilà, dit tout à coup Fazio.

— Où ça ? demanda Montalbano.

— Il y a comme une bande, large de deux doigts, qui acommence à une vingtaine de centimètres avant l'angle entre le mur et le toit.

Le commissaire ne voyait rin.

Saleté de vieillesse ! Mais ce n'était pas le moment de se laisser aller à la mélancolie.

— Vous pouvez me donner la lampe ?

Montalbano la lui tendit.

De toute manière, à quoi elle lui servait ?

— Et au plafond, la bande se voit tout le long, jusqu'au pertuis d'où sort le fil.

— Très bien. T'as compris pourquoi la bande commence à être visible près du plafond ?

— Oh que oui, passqu'y a plus d'humidité.

— Exact. Tu veux faire un pari ?

— D'abord, vous me dites de quoi il s'agit.

— Qu'on va trouver une autre trace de fil encastré, mais cette fois de l'autre côté, entre la fin du mur et le sol.

— Oh que non, je parie pas.

Montalbano se baissa pour regarder. La bande commençait à être visible à 'ne dizaine de centimètres du sol et puis disparaissait.

— Prends le marteau et le tournevis et enlève l'enduit sur la bande, mais tout doucement, attention, sinon, tu risques de couper les fils électriques.

Cinq minutes plus tard, apparut un bout du classique câble serpentin dans lequel on enfile les fils électriques.

— Mais à quoi sert cette autre installation ? demanda Fazio.

— Tu ne devines pas ?

— Oh que non.

— À amener l'électricité dans le souterrain.

Fazio blêmit.

— Vous êtes en train de me dire que là-dessous il y a un souterrain ?

— Pour être précis, oui.

— Et par où on y entre ?

— C'est ça, le tracassin. Fais une chose. Raccompagne Terrazzano au pays et reviens tout de suite.

Il sortit lui aussi pour dire au revoir à Terrazzano. Il vit Fazio partir comme l'éclair et rentra dans le garage.

Essaie de raisonner, Salvo. D'une seule pression sur l'interrupteur, on allume la lumière d'en bas, de deux, la lumière du garage…

Et si l'ouverture et la fermeture de l'accès au souterrain était commandée par le même interrupteur ?

DIX

C'était une hypothèse plausible, entièrement à vérifier.

Passque d'une chose il était sûr, à savoir que la commande d'ouverture du souterrain ne pouvait s'atrouver dedans la villa, il n'aurait pas échappé aux examens de précision menés par la Scientifique d'abord, Terrazzano ensuite.

Donc, avant de se mettre à l'œuvre, il voulut contrôler les murs du garage centimètre par centimètre pour voir s'il n'y avait pas un bouton caché.

Il ne découvrit rien.

Il se souvint comme c'était beau et pratique, quand il était minot et qu'il croyait à l'existence d'une formule magique qui permettait de découvrir les portes dérobées et de les ouvrir.

C'était comment déjà ?

« Sésame, ouvre-toi. »

Juste histoire de tout essayer, à moitié par plaisanterie et à moitié pour faire semblant, mais en se sentant ridicule et en ayant un peu honte, il récita les paroles magiques à voix haute.

Aucune porte invisible ne s'ouvrit miraculeusement.

Alors, il se mit devant l'interrupteur, posa l'index dessus et commença la recherche.

Trois clics, rin.

Quatre, encore rin.

Cinq, toujours rin.

Arrivé à dix, il s'arrêta.

Non, c'était pas la bonne route. Et puis, mettez que quelqu'un soit pressé de descendre dans le souterrain, il ne pouvait pas perdre dix minutes à faire clic clic avec l'interrupteur.

Il allait aréfléchir.

Le commissaire sortit du garage, s'alluma une cigarette.

À force de se creuser la cervelle, il arriva à la conclusion que la seule chose à faire était d'ôter le cache en plastique pour voir comment était fait l'interrupteur et combien de fils électriques en partaient.

Il revint avec une envie nouvelle de besogne.

Le cache n'était pas fixé, comme il l'avait cru, c'était comme une sorte de capuchon collant qu'on pouvait ôter avec deux doigts.

Il l'enleva.

Détacher du mur l'interrupteur n'aurait non seulement servi à rin, mais cela aurait rendu plus difficile son 'xploration. Pour l'ouvrir, il fallait retirer quatre vis.

Le tournevis utilisé par Fazio était trop gros. Il alla en prendre 'n autre sur l'étagère.

Il l'essaya, ça marchait.

Il dévissa la première vis, mais tandis que ses doigts la retiraient de son logement pour la mettre dans sa poche, elle glissa et tomba au sol, à quelques centimètres de son pied gauche.

Gardant la main droite qui tenait le tournevis appuyée sur l'interrupteur, il se baissa en pliant les genoux, pour la ramasser.

Et à cet instant précis, il sentit que sous la pression 'nvolontaire de sa main droite, toute la partie supérieure de l'interrupteur s'était légèrement déplacée.

Il resta immobile dans cette position, abasourdi. Mais comment était-il possible qu'il bouge alors qu'il était encore tenu par trois vis ? Peut-être qu'elles n'étaient là que pour tromper ?

Il se releva, abandonnant la vis tombée.

Il exerça de nouveau une légère pression de la paume de la main sur l'interrupteur et, cette fois, il nota clairement que toute la moitié supérieure du dispositif s'était de nouveau légèrement déplacée.

Alors, il exerça une pression plus forte pour faire tourner la partie supérieure dans le sens des aiguilles d'une montre.

Celle-ci tourna complètement, se retrouvant à l'envers.

Là, il s'arrêta, avec une espèce de sursaut.

Et juste après, le sol sous ses pieds acommença à vibrer.

Effrayé, il fit un grand bond de côté.

Lentement, sans faire le moindre bruit, un des grands carrés de ciment du sol, très précisément le plus proche de l'interrupteur, se souleva, révélant une ouverture.

Quand la trappe fut en position parfaitement verticale, elle s'arrêta.

Montalbano se pencha pour regarder, avec prudence, comme si d'un instant à l'autre pouvait surgir un homme armé.

On voyait le début d'un escalier métallique et puis une obscurité profonde.

Il tendit un bras, appuya une seule fois sur l'interrupteur retourné.

Dans le souterrain, une puissante lumière s'alluma.

Il mata de nouveau.

Maintenant, on voyait la totalité de l'échelle métallique. Elle était presque à la perpendiculaire, fixée au mur par deux bras de fer et elle devait faire trois mètres de long minimum.

La partie du sol du souterrain qu'il parvenait à voir était aussi cimentée.

L'envie de découvrir ce qu'il y avait là-dessous le dévorait vivant mais il redoutait beaucoup de descendre.

Les imprévus étaient nombreux et tous dangereux.

Et si la trappe se refermait pendant qu'il était dans le souterrain ? Est-ce qu'il y avait un autre interrupteur qui ouvrait ?

Et s'il y en avait un, est-ce qu'il fonctionnait de la même manière que celui d'en haut ?

Et s'il n'y en avait pas ou que le système d'ouverture était complètement différent, est-ce qu'il arriverait à découvrir le mécanisme avant de mourir par manque d'air ?

Puis il atrouva une demi-solution.

Il sortit son portable de la poche de sa veste et le glissa dans celle du pantalon, puis retira la veste, la plia en trois et la mit de travers sur le rebord de l'ouverture. Ainsi la trappe ne pourrait se refermer complètement, lui permettant de respirer, perché sur l'échelle métallique, et d'appeler Fazio quand il l'entendrait revenir.

Puis il pivota et, se tenant à l'échelle, descendit face au mur.

Il toucha le sol.

Se retourna et écarquilla les yeux.

Il s'atrouvait dans une pièce de près de deux mètres et demi de côté.

Trois murs étaient en maçonnerie crépie, mais le quatrième, celui en face de l'échelle, était occupé en grande partie par la grande porte d'acier d'un coffre-fort.

Un coffre-fort exactement comme ceux qu'on voit dans les films, avec serrures, manivelles et combinaisons numériques.

La porte était entrouverte.

Revenu de son ahurissement, le commissaire l'ouvrit tout à fait, à deux mains.

L'intérieur, deux mètres de large, un de profondeur, était entièrement couvert de rayonnages.

Complètement vides.

Qu'est-ce qu'il pouvait avoir contenu ?

Mais en se posant la question, il acomprit tout de suite que, à rester là à mater le coffre-fort, il ne ferait que perdre son temps.

Il remonta, se mit sur le côté, retira la veste, fit tourner l'interrupteur.

La trappe se referma sans plus de bruit qu'en s'ouvrant. Il remit aussi en place le cache en plastique. Éteignit la lumière du souterrain et celle du garage, sortit, baissa le rideau de fer jusqu'au sol.

Il regarda sa montre. Presque une heure.

Il prit son portable et fit le numéro de Jannaccone.

— Je vous écoute, *dottore*.

— Vous faisiez quoi ?

Jannaccone n'arépondit pas tout de suite, surpris par la question.

— Je… j'allais déjeuner.

— Alors, je vous rappelle dans une heure.

C'était pour déconner, il savait que Jannaccone ne le lâcherait pas.

— Mais non, *dottore*, je vous écoute.

— Une question, par curiosité. Quand vous avez examiné la villa de Nicotra, vous avez regardé aussi dans le garage ?

— Bien sûr.

— Et vous n'avez rien trouvé ?

— Non, rien. Pourquoi ?

— Parce que moi, j'ai trouvé un petit truc.

— Ah oui ? Quoi donc ?

— Un souterrain avec un coffre-fort géant.

— Merde !

— Exactement !

— J'arrive tout de suite avec l'équipe.

— Non, allez manger tranquillement. Maintenant, ça ne presse plus. On se voit à trois heures.

Juste après, il appela Fazio.

— T'es où ?

— Je suis en train de revenir. D'ici une dizaine de minutes…

— Écoute, moi, j'ai fini et maintenant je vais à pied vers le commerce clandestin de la vieille. Rejoins-moi là.

Si ça se trouvait, la vieille cuisinait bien et lui, il lui était venu un grand 'pétit.

Il arriva devant le magasin en même temps que Fazio, qui s'arrêta derrière lui. Il avait foncé.

— Qu'est-ce que vous avez trouvé ?

— Un gros truc. Mais ici, c'est pas le lieu pour en parler. Maintenant, pinsons seulement à manger.

Ils entrèrent et allèrent s'asseoir à une table dressée pour deux pirsonnes.

La vieille sortit de la cuisine, les areconnut et s'assombrit.

— *'Ndo pattu*, dans notre pacte, il était pas dit que vous viendriez vous empiffrer gratis.

— *E cu vi lu dissi ca non vulemu pagari* ? Et qui vous dit qu'on ne veut pas payer ? On paiera, soyez tranquille. Qu'est-ce que vous avez de bon ?

— Tagliatelles maison en sauce.

— D'accord, firent-ils en chœur.

— Et en deuxième plat, du lapin chasseur.

— D'accord, arépéta le chœur.

— *'U vini comu lo vuliti* ? Le vin, vous le voulez comment ? Passable ou bon ?

— Bon, lança le chœur.

Avant qu'ils attaquent les tagliatelles, les deux autres tables furent occupées. La vieille faisait des affaires. Ils mangèrent très bien, payèrent onze euros par pirsonne.

— Je me demande si je vais pas prendre un abonnement, dit Fazio en sortant.

Ils ne s'attendaient pas à ce qu'ils virent.

Le derrière appuyé sur la portière de leur voiture, Pitrineddru, le colosse quadragénaire fils de la vieille, les matait, bras croisés.

— Vous pensez qu'il veut nous chercher noise ? demanda Fazio à voix basse.

— Je ne crois pas mais fais attention quand même passque cette bestiasse est capable de tout.

Quand ils furent devant lui, Pitrineddru ne bougea pas d'un millimètre.

— On aurait besoin d'entrer dans la voiture, dit courtoisement Fazio. Si tu te bouges un peu…

— Non.

— Et pourquoi non ?

— D'abord, vous devez me dire quelque chose.

— Qu'est-ce que tu veux savoir ? 'ntervint Montalbano.

— Vous l'avez atrouvée, Inghi ?

Tandis qu'il disait le nom de l'Allemande, il donna un rapide coup d'œil vers la porte du magasin. Il avait peur que sa mère sorte et le surprenne à parler avec les flics. Mais ce coup d'œil fut révélateur pour le commissaire.

— Si moi, je te dis 'ne chose, tu m'en dis une à moi ?

— D'accord.

— Il paraît que Inge est retournée en Allemagne.

Pitrineddru releva tête et les mata. Stupéfaits, Montalbano et Fazio virent que ses yeux étaient humides.

— Au moins, elle est vivante.

— Tu l'aimais beaucoup, Inge ? demanda Montalbano.

Pitrineddru fit signe que oui avec la tête.

— Vous faisiez l'amour ?

Le même signe de tête.

— Et quand ?

— Des fois, elle tiléphonait et elle voulait que j'amène les courses chez elle et moi je l'amenais.

— Et vous faisiez ça où ?

— Où elle voulait. Dans le garage, du côté du salon…

Et là, avec les larmes qui maintenant lui coulaient sur le visage, il s'enfuit vers l'arrière de la maison.

Comme il restait encore pas mal de temps avant l'arrivée de la Scientifique et que Fazio trépignait pour voir de ses propres yeux le coffre-fort, Montalbano l'acontenta, après l'avoir fait entrer dans le garage et avoir baissé le rideau de fer.

Quand il fut remonté et que Montalbano eut fermé la trappe, ils sortirent nouvellement.

Fazio était visiblement stupéfait.

— Jusqu'à maintenant, les souterrains secrets que j'ai vus servaient à cacher les types recherchés ; ça, c'est une belle nouveauté. Vosseigneurie, vous pensez qu'ils gardaient quoi, dans le coffre-fort ?

— Je veux pinser à rin. J'espère seulement que Jannaccone pourra nous le dire avec certitude.

— Une chose est sûre. Nicotra n'était pas seulement le chef comptable de Rosaspina.

— Eh oui, fit Montalbano.

— Pourquoi vous êtes si taiseux ? lui demanda Fazio.

— C'est que j'aréussis pas à me faire un tableau général. Je n'ai pas eu le temps d'aréfléchir dessus. Trop de nouveautés, trop de cartes en jeu. Ce matin, nous avons appris qu'Inge serait vivante en Allemagne et que l'homme aux gants était son oncle… est-ce que c'est vrai ? Ou bien est-ce un rideau de fumée ? Et quelle était la tâche des Nicotra, oncle compris, par rapport au coffre-fort ? Ils n'en étaient que les gardiens ? Ou bien ils avaient la combinaison pour l'ouvrir et le fermer ? Et l'agression dans la villa, pour quelle raison ? Pour se prendre ce qu'il y avait dans le coffre-fort ? Ou bien le coffre-fort était-il déjà vide ? Comme tu vois, il manque beaucoup de morceaux pour avoir un tableau lisible.

— Ils arrivent, annonça Fazio.

Il y avait deux voitures. Jannaccone bondit hors de la première. Il avait amené trois hommes.

Montalbano dit qu'il valait mieux qu'ils entrent tous dans le garage, même s'ils étaient serrés. Comme ça, ils éviteraient de provoquer la curiosité de quelqu'un de passage.

Une fois que tout le monde fut à l'intérieur, il baissa le rideau de fer, alluma la lumière et expliqua à Jannaccone comment fonctionnait l'interrupteur.

Jannaccone voulut essayer lui-même et il ouvrit la trappe.

— Là-dedans, il y a un grand coffre-fort vide, dit le commissaire. Moi, ce qui m'intéresse, c'est de savoir ce qu'il a contenu. Essayez de le trouver.

— On le trouvera, promit Jannaccone.

— Nous deux, on va vous laisser travailler en paix. Mais attention : il est extrêmement important que personne ne sache que nous avons découvert ce souterrain.

Il n'avait pas fini sa phrase que déjà Jannaccone entamait la descente de l'échelle.

— Tu feras une halte au chantier, lança Montalbano au moment où Fazio démarrait.

Cinq minutes plus tard, ils s'arrêtaient nouvellement. Montalbano descendit.

— Reste dans la voiture, intima-t-il à Fazio.

La boue séchée ne formait plus une couverture compacte. Elle était parcourue de centaines de fissures semblables à des cicatrices rouvertes. Et à l'intérieur de ces fentes, le vert de l'herbe repoussait.

C'était justement ce qu'il voulait voir.

Il se sentit rassuré. Remonta en voiture. Fazio le fixa mais ne dit rin. Il redémarra.

— Tu dois me rendre un service, dit Montalbano à Fazio tandis qu'ils arrivaient au bureau.

— À votre disposition.

Le commissaire chercha une feuille sur son bureau, l'atrouva, la lui tendit.

— Voilà le nom et l'adresse de l'avocat allemand. Il faut que tu m'atrouves son numéro de tiléphone. Si je l'ademandais à Catarella, il me rendrait dingue ou me mettrait en communication avec un numéro en Laponie.

Fazio sortit et revint dix minutes plus tard.

— Le voilà.

Il l'avait écrit en dessous de l'adresse. Montalbano mit le haut-parleur et le composa.

Tout de suite répondit 'ne voix masculine qui déversa rapidement quelques mots parmi lesquels l'un d'eux ressemblait au nom de l'avocat.

— Je voudrais parler à Me Rudolf Sterling.

— C'est moi, répondit la voix en 'talien.

— Ah bien. Ici le commissaire Montalbano, police italienne. Bonjour.

— Bonchour. Qu'est-ce que je peux pour fous ?

— C'est bien vous qui avez téléphoné à M. Terrazzano de Vigàta au nom de votre cliente Inge Schneider ?

— Oui.

— Je voudrais savoir si je peux vous poser quelques questions à propos de cette dame.

L'avocat prit un peu de temps avant de répondre.

— Vous poufez le faire mais peut-être che réponds pas.

— Écoutez, il ne s'agit pas le moins du monde de trahir le secret professionnel…

— C'est pas pour secret.

— Et alors pourquoi ?

— Parce que che sais pas beaucoup de cette femme. Inge Schneider est fenue dans mon cabinet foilà trois chours pour la première fois.

— Donc, c'était la première fois que vous la voyiez ?

— Oui.

— Vous avez eu le moyen de vérifier qu'il s'agissait vraiment de Mme Inge Schneider ?

— Che ne comprends pas.

— Vous lui avez demandé de vous montrer un quelconque document d'identité ?

— Non. Mais pour quoi faire ? Elle a donné son nom, le numéro de chez elle.

De son point de vue, l'avocat avait raison.

— Vous pourriez me la décrire ?

— Bah… elle afait fraiment rien de particulier… grande, blonde, dans la trentaine…

Combien de millions de femmes grandes, blondes et trentenaires y avait-il en Allemagne ?

— Une dernière question, maître. Vous pourriez me donner le numéro de téléphone qu'elle vous a laissé ?

— Oui, bien sûr. Un moment.

Fazio attrapa une feuille et un stylo. L'avocat dicta le numéro, Fazio l'écrivit.

— Je peux safoir pourquoi ces questions ? s'enquit l'avocat.

Montalbano fit semblant de n'avoir pas entendu.

— Je vous remercie de votre courtoisie et je vous dis au revoir.

Et il mit fin à la communication.

Il resta pinsif.

Fazio lui tendit le papier.

— Si vous voulez appeler…

Mais le commissaire parut dubitatif.

— C'est pas si simple. Imagine qu'elle habite dans une pension et que ce soit un Allemand qui me réponde, moi, qu'est-ce que j'y comprends ?

— Je fais venir Martorana ? suggéra Fazio.

C'était un agent qui jusqu'à treize ans avait vécu en Allemagne avec son père émigré.

— D'accord.

— Je lui ai tout expliqué, dit Fazio en revenant avec Martorana.

— Alors, appelle, intima Montalbano en remettant le haut-parleur pour le cas où ce serait Inge qui réponde.

Mais en fait, ils entendirent une voix d'homme.

Ils parlèrent un moment, puis Martorana, sans couper la communication, expliqua au commissaire qu'à ce numéro correspondait un bar où Mme Schneider était passée pour savoir s'il y avait eu des appels pour elle. Donc, le type du bar voulait le numéro de tiléphone du correspondant pour le donner à Inge de manière qu'elle puisse rappeler.

— Non, dit le commissaire, remercie et raccroche.

Martorana s'exécuta, dit au revoir et sortit.

ONZE

— Vous m'expliquez pourquoi vous n'avez pas voulu lui laisser le numéro ?

— Passque, en voyant l'indicatif italien et le numéro de Vigàta, Inge aurait vite fait d'arriver à la conclusion que c'est nous qui la cherchons.

— Et ça ne vaudrait pas mieux ?

— Mieux pour nous, mais peut-être pas pour elle.

— Qu'est-ce que ça veut dire ?

— Si Inge avait échappé à ses ravisseurs, la première chose qu'elle aurait dû faire, c'est venir ici, au commissariat. Mais elle l'a pas fait. Signe qu'elle veut se tenir loin de nous. Pourquoi ? Il peut y avoir tant de raisons. Par exemple, ça peut être une condition posée par les ravisseurs pour la remettre en liberté : pas de contact avec la police. Et moi, je veux donc ne pas lui faire savoir qu'on est après elle.

Il marqua une pause. Avant d'ajouter :

— Si c'est bien la vraie Inge.

— Vosseigneurie en doute ?

— Aréfléchis avec moi. Avant que Terrazzano vienne nous voir, nous étions tout à fait convaincus que Inge s'atrouvait entre les mains de ceux qui ont tué son mari et brûlé sa voiture. Exact ?

— Exact.

— Puis, par Terrazzano, et ensuite par Me Sterling, nous apprenons qu'Inge se trouve libre en Allemagne. Enfin, il faudrait savoir comment elle y est arrivée, qui lui a donné l'argent pour le voyage et ainsi de suite. Maintenant, je m'ademande : après tout ce qu'elle a subi, l'agression, le meurtre de son mari, l'enlèvement, qu'est-ce qui lui prend, une fois en sécurité, de nous faire tiléphoner par un avocat pour se faire restituer la caution ? D'après toi, c'est un comportement normal ?

— Oh que non.

— Mais admettons que tout ça soit vrai, qu'Inge est libre en Allemagne et veut récupérer sa caution, tu peux m'expliquer pourquoi elle avait besoin de mettre en branle un avocat ? C'était pas plus simple qu'elle tiléphone directement à Terrazzano ?

— Vrai, c'est. Et pourquoi elle n'a pas tiléphoné elle-même ?

— À ta question, il n'y a qu'une seule réponse : passque Terrazzano aconnaît très bien la voix d'Inge.

— Et ça aussi, c'est vrai.

— En conclusion, la probabilité est grande, trop grande, que ce soit une autre Inge.

— Mais à quoi bon faire tout ce bordel ? Se mettre en contact avec quelqu'un en Allemagne, atrouver une femme qui ressemble à Inge, l'envoyer chez un avocat…

— Je commence à me faire une idée. Mais elle est si baroque, si hasardeuse que, là, j'ai même pas envie de te la dire.

— Je vous en prie, *dottore*. Je la garde pour moi.

— Fazio, j'ai de plus en plus la sensation que nous autres, avec c't'enquête, on est en train de manier, sans le savoir, 'ne bombe. Et ceux qui savent que nous avons 'ne bombe en main, ne veulent pas qu'on en soit conscients et encore moins qu'on la fasse exploser.

— Et alors ?

— D'après moi, mais c'est juste 'ne 'mpression, ils sont en train d'essayer de changer les cartes, de monter une grande comédie dont nous avons vu les deux premiers actes.

— Qui seraient quoi ?

— Tu l'as pas acompris ?

— Oh que non.

— Le premier acte consiste dans le fait de faire croire que Nicotra s'est emparé du pistolet de Barbera dans le but de tuer l'amant de sa femme. Mais que, comme ça a tourné, c'est le contraire qui s'est passé. Le deuxième acte doit nous pirsuader qu'Inge est vivante, qu'elle va bien et qu'elle est rentrée en Allemagne. Tu te souviens de ce film qui s'appelait *Drame de la jalousie. Tous les détails à l'intérieur* ? Eux, ils m'ont montré un truc dans ce genre. En Sicile, on ne meurt que d'histoires de cocus, a écrit quelqu'un de chez nous.

— Et dans le troisième acte, il y a quoi ?

— Je sais pas et je veux même pas le savoir. Moi, je ne suis ni l'auteur ni le metteur en scène, je suis un spectateur qui a quand même, à un certain moment, tout à fait le droit de dire ce qu'il en pense, s'il approuve ou désapprouve.

— Et pendant l'entracte, qu'est-ce qu'on fait ? On se fume une cigarette ?

— On peut faire quelques petits trucs.

— Dites-m'en un.

— Tu te rappelles que, quand on allait à la villa avec Terrazzano, je t'ai dit de m'arappeler que je voulais te parler de quelque chose ?

— Oh que oui, excusez-moi, passqu'après, avec tout ce qui s'est passé…

— C'est un truc que tu peux faire tranquillement sans sortir de ton bureau. Je voudrais savoir combien de chantiers, et de quelles sociétés, ont été approuvés par la Région, dans la province de Montelusa, après la mort de Nicotra.

Fazio lui lança un regard étonné. Il fut sur le point de poser une question puis se ravisa.

— J'acommence tout de suite, dit-il.

Il était en train de se lever pour sortir du bureau et retourner à Marinella, quand Mimì Augello entra.

— Heureux les yeux qui te voient ! Tu me dis où t'as été tout l'après-midi ? lui demanda-t-il.

— Lâche-moi, va. Une dispute furieuse entre un oncle et un neveu qui tournait à la bataille de couteaux…

— Une histoire d'argent ?

— C'est toujours des histoires d'argent, la raison de c'tes terribles disputes en famille. Là, c'était 'ne nana, restée orpheline, qui a été recueillie par l'oncle, le frère du père. La fille ensuite se marie avec un type qui plaît pas à l'oncle qui…

— Alors, c'était une nièce, pas un neveu ?

— Oui, fit Mimì.

Et il continua à raconter.

Mais Montalbano ne l'écoutait plus, perdu dans une pinsée venue à l'improviste.

Tout à coup, il se leva.

— Excuse-moi, Mimì, mais je dois y aller.

Et il sortit au pas de course en laissant Augello ahuri. Il gagna le parking, prit la voiture et partit pour la campagne Pizzutello.

Dans l'espoir que le commerce-restaurant de la vieille fonctionne aussi le soir.

Il ralentit dans les parages de la villa des Nicotra.

Les voitures de l'équipe de Jannaccone n'étaient plus là. Le rideau de fer du garage était baissé jusqu'à terre et en plus les types de la Scientifique avaient mis un cadenas. Ils avaient bien fait.

Le soleil s'était couché, la soirée était calme, l'obscurité avançait.

Il passa devant le commerce sans s'arrêter.

C'était ouvert et le commissaire aperçut même quelqu'un assis à une table.

Au bout d'un moment, il manœuvra pour revenir en arrière. Il s'arrêta une vingtaine de mètres après la trattoria.

Il sortit, fit un bout de route à pied puis vit un sentier qui menait sur l'arrière la maison.

Il arriva sur un large espace qui contenait une étable à chèvres, un poulailler et un grillage qui formait une sorte de grand clapier.

La silhouette gigantesque de Pitrineddru allait et venait à l'intérieur du poulailler.

Montalbano s'approcha et l'appela à mi-voix.

— Pitrineddru !

L'homme s'immobilisa, scrutant l'obscurité, un peu penché en avant, la main en visière sur le front.

— *Cu è ?* C'est qui ?

— Le commissaire Montalbano, je suis. Celui avec tu as parlé après manger.

— Ah, fit Pitrineddru.

Il sortit du poulailler, s'approcha.

— Inghi est rentrée ? demanda-t-il, plein d'espoir.

— Non, pas encore. Mais dès qu'elle sera rentrée, je te le fais savoir.

— Promis ?

— Promis. Tu veux une cigarette ?

Pitrineddru poussa un soupir.

— Moi, je voudrais bien mais ma mère, elle veut pas que je fume. Même pas dehors. Elle dit comme ça que ça fait du mal aux *purmuna*, aux poumons.

— Eh beh, toi, prends-en une, fume-la avec moi, de toute façon ta mère, là, maintenant, elle te voit pas.

Pitrineddru aspira la première bouffée avec satisfaction. Il gardait la cigarette cachée dans la main.

— Si elle me voit, ma mère, elle m'estourbit de torgnoles.

Il émit un gloussement qu'on aurait dit un hennissement d'âne, aspira une deuxième bouffée et ademanda :

— Pourquoi vous êtes venu ici ?

— Je veux te poser quelques questions.

— Posez-les.

— Tu le savais, toi, que dedans sa maison, Inge avait un oncle qu'elle faisait dormir et manger là ?

— Oh que oui.

— Comment tu l'as su ?

— C'est Inghi qui me l'a dit et qui m'arecommanda de n'en parler à pirsonne, même pas à *mè matre*, ma mère.

— Et pourquoi elle ne voulait pas que ça se sache ?

— Bah…

— Mais quand vous faisiez l'amour, l'oncle, il était où ?

— Toujours dans la chambre d'en haut, il descendait jamais en bas. Et nous autres, on faisait pas de bruit.

— Alors, tu l'as jamais vu ?

Le colosse parut mal à l'aise.

— Oh que non.

Il ne savait pas sortir de boniments, le « non » sonna nasal et faux.

— Donc, tu peux rin me dire de lui ?

— 'ne fois, je l'ai entendu qu'il parlait au portable. Il était au-dessus mais comme il était en colère, il gueulait.

— Et comment il parlait ?

À cette question, Pitrineddru s'étonna.

— Comment vous voulez qu'y parle ? Avec la bouche.

— Non, je voulais savoir s'il parlait allemand.

— Oh que non, il parlait comme on est en train de parler nous deux.

Montalbano, qui n'avait pas du tout oublié le mensonge de Pitrineddru, revint sur le sujet.

— Mais, son visage, tu l'as jamais vu ?

Pitrineddru exécuta une espèce de danse de l'ours en s'appuyant d'abord sur un pied et puis sur l'autre.

— Tu veux encore une cigarette ?

— Oh que oui.

Montalbano la lui alluma.

Et attendit patiemment qu'il s'adécide enfin à parler.

— 'ne fois, je le vis. Mais…

— Mais ?

— Vosseigneurie, d'abord, vous devez me jurer que, quand Inghi reviendra, vous y direz rin.

— Je te le jure.

— Un jour que j'avais envie d'elle, je lui apportai les courses sans attendre qu'elle tiléphone. À côté de la porte, qui était ouverte, il y avait sa bicyclette, signe qu'elle était à la maison. J'entrai, elle était pas en bas. Je laissai les courses sur la table et montai doucement l'escalier pour l'appeler sans me faire entendre de l'oncle. La chambre de son oncle, on la voit sans avoir besoin de monter tout l'escalier. Et comme ça, je m'aperçus que Inghi était nue, à genoux, la tête entre les jambes de son oncle qui était lui aussi nu, assis sur le bord du lit.

— Il t'a vu ?

— Oh que non, moi, y pouvait pas me voir passqu'il tenait la tête renversée en arrière.

— Et qu'est-ce que t'as fait ?

— Qu'est-ce que je pouvais faire ? Je suis retourné au bureau.

— Tu étais furieux ?

— Oh que oui.

— Pourquoi tu t'es pas engueulé avec Inge ?

— Passqu'après, j'ai pinsé qu'au fond c'était son oncle. C'tes choses entre parents, ça arrive souvent et ça porte pas à conséquence.

— Tu te l'arappelles comment il était c't'homme ?

Pitrineddru rejoua la danse de l'ours dans son effort pour s'arappeler.

— … Attendez… attendez… Voilà, là, ça me vient… C'était un type dans les soixante ans sans un poil sur le caillou, avec des moustaches, il avait des gants blancs et un dessin sur le bras gauche…

— Un tatouage ?

— Oh que oui, c'te truc.

— Qu'est-ce que ça représentait ?

— *'U soli*, le soleil, avec ses rayons, mais sur *'u soli*, y avait le visage d'un homme.

— T'as quelque chose d'autre qui te vient en tête ?

— Oh que non. Vous me le direz tout de suite quand Inghi sera rentrée ?

— Je te le ferai savoir 'mmédiatement. Écoute, je te laisse le paquet de cigarettes. Cache-le bien.

En se dirigeant vers Marinella, il se sentait comme un chasseur avec une gibecière pleine, après la battue.

Une fois chez lui, il appela Augello.

— Mimì, je veux m'excuser pour t'avoir planté là.

Augello en eut la chique coupée.

Montalbano crut que la communication était interrompue et se mit à hurler désespérément.

— Allô ! Allô !

— *Cca sugno*, je suis là, dit Mimì. Je me remets du choc. Tu sais, le fait que tu me présentes des excuses est un événement si rare que même un tremblement de terre me ferait pas cet effet.

— Et je veux aussi te remercier.

— Tu veux me faire venir une attaque ! Me remercier de quoi ?

— D'une idée que tu m'as donnée. Bonsoir.

Juste après, il appela Livia.

— Comment tu vas ?

— Tu sais ce que Selene a fait aujourd'hui ? demanda Livia, tout excitée, au lieu de répondre à la question.

— Non. Raconte-moi.

Seigneur, quelle merveille d'entendre Livia redevenue la Livia de toujours !

Pendant dix minutes, elle fut la seule à parler et d'un unique sujet : Selene. Ce n'est qu'à la fin qu'elle se souvint de lui.

— Et toi, comment ça va ?

— Presque tout terminé. Demain, on m'enlève les points de suture.

Il y eut un instant de silence, puis Livia demanda d'une voix inquiète :

— De quoi tu parles ?

Bon sang de bois ! Pourquoi avait-il prononcé ces mots ?

— Rien, une bêtise…

— Ne me laisse pas dans l'inquiétude, maintenant. Dis-moi.

— J'ai glissé et…

— Pourquoi tu ne m'as rien dit ?

La voix de Livia était celle des débuts d'engueulades.

Et il y eut bien 'ne demi-engueulade. Une demi-engueulade qui rendit heureux le commissaire.

Bonheur redoublé par ce qu'il trouva en cuisine.

Ensuite, comme il s'était fait l'heure du journal de la mi-soirée, il alluma le téléviseur en le réglant sur Televigàta. Le journaliste Ragonese était en train de parler.

... de deux indiscrétions qui nous sont parvenues de sources fiables. La première est que Nicotra se serait emparé d'un pistolet conservé dans le coffre-fort du bureau. Dans quel but, demandons-nous, si ce n'est de tuer l'amant de sa femme ou le couple surpris en flagrant délit ? La seconde, ce serait que l'épouse de Nicotra, Inge Schneider, se trouverait en Allemagne. Ce qui conforte la thèse exposée par nous dans les jours suivant le délit. À savoir qu'il s'agit d'une trahison conjugale malheureusement conclue dans le sang. Où, malheureusement, la victime est le mari, désarmé par l'amant qui a tiré en légitime défense ou par accident. Thèse que le commissaire Montalbano, à notre connaissance, se refuse à prendre en considération, en perdant son temps et l'argent du contribuable dans des songeries tarabiscotées...

Ragonese avait livré 'ne espèce de résumé des épisodes précédents.

Et cela voulait dire que l'entracte était presque fini et qu'allait acommencer le troisième acte.

Il changea de chaîne.

On montrait 'ne course cycliste se déroulant sous une pluie fine.

Devant tout le monde, il y avait un coureur solitaire. Une voix hors champ disait :

« Bartoletti conduit le groupe. »

Ce fut le verbe qui le frappa comme un coup de massue au milieu du front.

Conduit.

Et si Nicotra…

Et si Nicotra était entré dans le tunnel non pas pour se cacher de celui qui lui avait tiré dessus mais pour donner 'ne indication précise à ses petits copains et à la police elle-même ?

Comme pour dire : la vérité de ma mort, il faut la chercher là, sur le chantier.

Et s'il en était ainsi, c'était la confirmation d'une idée qui depuis un moment lui tournait dans la tête, mais qui était encore trop confuse, trop incertaine…

Le lendemain matin, il prit la voiture et se rendit au 'pital de Montelusa pour se faire retirer les points de suture.

Puis il reprit la voiture et s'adirigea vers la questure. Il s'arrêta devant un café, en pratique le bar des flics, et de là, appela Jannaccone.

— *Dottore*, dit ce dernier, je vais venir vous voir.

— Mais moi je suis déjà à Montelusa.

— Alors, venez.

— Non, je ne voudrais pas rencontrer…

— Aujourd'hui, il ne vient pas.

— Alors, j'arrive.

Il se gara mieux, se précipita hors de la voiture et dix minutes plus tard, se retrouvait devant Jannaccone.

Il n'eut pas besoin d'ouvrir la bouche.

— On n'a pas mis longtemps à comprendre ce que contenait le coffre-fort, lui annonça Jannaccone. Nous avons découvert des fragments minuscules de billets.

— Des euros ?

— Oui.

— Authentiques ?

— Oui. Imaginez que ces fragments étaient sur toutes les étagères. Là-dedans, il a dû y avoir des millions et des millions d'euros.

DOUZE

Après avoir communiqué à Fazio et Augello ce qu'il avait appris de Pitrineddru d'abord et de Jannaccone ensuite, Montalbano voulut connaître leur avis.

Mais Augello, qui à partir d'un certain point avait eu l'air distrait, lui posa une question :

— Tu m'arépètes à quoi il ressemblait, ce tatouage ?

— Pietrineddru dit que c'était un soleil rayonnant à face d'homme. Sur le bras gauche.

Augello resta muet, le regard perdu.

— Attention, que je ne possède pas la capacité de deviner tes pinsées, prévint le commissaire.

— Excuse-moi, rétorqua Augello, mais je suis sûr que c'te tatouage, je l'ai vu il y a des années… mais je m'arappelle ni où ni qui était l'homme.

— Vraiment ? Ce serait comme de gagner le gros lot si tu réussissais à te le faire revenir en tête.

— Il vaut mieux que pour l'instant je laisse tomber, passque plus je force, pire c'est. En tout cas, si tu veux connaître mon opinion, il me semble qu'on a enfin le mobile de toute l'affaire.

— À savoir ?

— Le vol de l'argent dans le coffre-fort.

— Tu penses que c'est ça ?

— J'en suis convaincu.

— D'après toi, ça s'est passé comment ?

— Deux hommes font 'rruption dans la villa, surprenant tout le monde dans le sommeil et pendant que l'un tient en joue le vieux et Inge, l'autre contraint Nicotra à descendre dans le souterrain, à prendre l'argent et à le mettre dans trois ou quatre sacs. Puis…

— Trop hasardeux, l'interrompit Fazio.

— Comment ça ? demanda Augello.

— Dans le sens que deux hommes seulement, pour une entreprise aussi difficile, ça me paraît peu.

— D'autant plus, ajouta le commissaire, que Jannaccone a dit que, dans le souterrain, il y avait les traces de pas des deux hommes et non celles de pieds nus comme auraient dû être celles de Nicotra. Et alors, pendant ce temps, qui s'occupait d'Inge et du soi-disant oncle ?

— Ne se pourrait-il pas qu'avant d'aller dans le garage, ils aient bâillonné et ligoté Inge et l'oncle de manière à ce qu'ils restent tranquilles ?

— C'est possible. Mais, à c'te point, on peut se poser une question, répondit Montalbano. Qui étaient c'tes voleurs ?

— Qu'est-ce que tu veux dire ?

— Je doute qu'il se soit agi de voleurs banals, de ceux qui cambriolent les maisons ou font des braquages. C'est un gros truc, il s'agissait de voler 'ne quantité d'argent qu'on atrouverait pas même en rassemblant toutes les espèces des banques de Vigàta. Ces deux-là ont agi à coup sûr, passqu'ils connaissaient l'existence du coffre-fort caché. Et combien de gens étaient au courant ? Moins que les doigts d'une main.

— Et ça, ça veut dire quoi ?

— Ça veut dire que ça peut être un vol sur commande. Les voleurs, qui n'étaient pas des voleurs de mystères, ont agi pour le compte d'un tiers. Et ceux qui ont été volés, tôt ou tard, finiront par découvrir le mandataire. Et alors, ça nous fera un mort de plus. Et si on changeait de sujet ? suggéra le commissaire et, se tournant vers Fazio : Quelles nouvelles tu me donnes ?

Fazio tira un bout de papier de sa poche, le lut :

— *Dottori*, les chantiers attribués par la Région l'ont été aux sociétés Rosaspina, Albachiara, Soledoro, Lo Schiavo, Spampinato et Farullo. Six en tout.

— Donne-moi la feuille.

Fazio la lui tendit et le commissaire la considéra un moment. Puis il ademanda :

— L'entreprise qui avait commencé la besogne de la canalisation s'appelait Primavera, pas vrai ?

— Oh que oui.

— Mais Primavera, Rosaspina[1], et compagnie, ce sont des noms de famille ou des noms inventés ?

— Inventés, *dottore.* En revanche, Lo Schiavo, Spam…

— Ce sont des noms de famille, ça, je l'avais compris.

Il fut pris soudain de l'envie de voir un de c'tes chantiers en sommeil.

1. *Primavera* : printemps ; *Rosaspina* : épine de rose ou aubépine ; *Albachiara* : aube claire ; *Soledoro* : soleil d'or.

— À part celui de Rosaspina, quel est le chantier le plus proche ?

— Celui de l'Albachiara, dans la campagne Riguccio.

— Maintenant, tu dois me faire 'ne autre recherche. Je veux savoir qui est à la tête de c'tes six sociétés.

— Les noms de Rosaspina, je les ai et je vous les ai dits. Pour les autres, il faudra quelques jours.

— D'accord, mais traîne pas.

Et il leva la séance.

Il sortit du bureau une heure plus tôt que d'habitude passqu'il voulait aller sur le chantier fermé d'Albachiara qui, comme le lui avait expliqué le journaliste Gambardella, avait emporté le marché pour 'ne maison d'arrêt.

Tandis qu'il s'adirigeait vers la campagne Riguccio, il s'ademanda d'où lui était venue cette forte envie et il comprit qu'il n'arrivait pas à s'ôter de la tête la supposition qu'il avait faite la veille au soir, à savoir que Nicotra, en allant mourir dans le tunnel, avait voulu communiquer quelque chose.

Le matin, quand il s'était aréveillé, il avait vu que la journée tournait au mauvais temps. Le ciel s'assombrissait. De fait, maintenant, il pleuvait dru.

Il arriva, s'arrêta, mais resta dedans la voiture. Il pleuvait trop pour sortir, il se serait trempé.

Le chantier se résumait, en tout et pour tout, à trois bulldozers rangés à l'entrée d'une énorme esplanade vide au pied d'une colline, laquelle, du fait des fortes pluies de la période, était en grande partie éboulée.

Mais il y avait autre chose que Montalbano n'acomprenait pas, à cause des essuie-glaces qui ne fonctionnaient pas bien.

Assez éloignée vers le bord gauche de l'esplanade, se dressait une construction en ciment, massive, qui ressemblait à une pyramide d'une quinzaine de mètres.

À quoi pouvait-elle servir ?

Il redémarra et s'approcha. Ouvrit la portière pour mieux voir.

Enfin, il comprit.

La boue de l'esplanade avait été enlevée pour en faire une colline, mais la terre, encore liquéfiée, avait lentement glissé jusqu'à prendre 'ne forme pyramidale puis avait séché.

Le commissaire, fasciné, la contempla un moment.

Une pyramide de boue.

La représentation exacte, à la fois concrète et symbolique de tout ce qui, peu à peu, adevenait toujours plus clair dans sa tête.

Et il se demanda si ce n'était pas Nicotra, comme le cycliste solitaire, qui l'avait *conduit* jusque-là.

Quand il arriva à la trattoria, la pluie s'était transformée en véritable orage. La visite du chantier et la journée lui avaient coupé le 'pétit.

Quand il entra, il n'y avait que deux autres habitués et la télévision était allumée.

C'était Zito, son ami de Retelibera, qui parlait.

Il disait que la fermeture presque simultanée de six chantiers dans la province de Montelusa avait créé une grave situation, 'ne délégation de maçons non payés et risquant le licenciement avait été reçue par le préfet, lequel avait promis une intervention immédiate auprès de la Région pour obtenir un déblocage des travaux dès que les sociétés se seraient remises en règle.

Enzo vint prendre la commande. Mais il n'était pas comme d'habitude, il semblait inquiet.

— Quelque chose ne va pas ? lui demanda le commissaire.

— *Sugno in pinsero*, je suis inquiet pour mon beau-fils 'Ntonio, qui a trois enfants et a peur de perdre sa besogne.

— Qu'est-ce qu'il fait ?

— Il est giomètre dans la société Farullo, à qui on a fermé le chantier de Sicudiana.

Montalbano tendit l'oreille.

Enzo poursuivit.

— Ils ont acommencé à parler de réduction du pirsonnel si la fermeture devait durer.

— Tu sais pour quelle raison les inspecteurs de la Région…

— Et c'est ça, le tracassin.

— Comment ça ?

— Mon beau-fils 'Ntonio jure ses grands dieux qu'y a jamais eu aucun inspecteur qui est venu sur son chantier. Les patrons de la société disent qu'ils ont dû arrêter la besogne sur ordre des inspecteurs, mais c'est des bobards. Et puis 'Ntonio soutient que, pour ce chantier, tout est en règle.

— Alors, comment ça s'explique ?

— Ça s'explique pas.

— Je voudrais parler avec ton beau-fils. Si ça le dérange pas, il pourrait venir au commissariat à trois heures ?

— Je vais lui tiléphoner pour lui demander.

Il revint au bout de cinq minutes.

— C'est d'accord, il vient à trois heures. Et maintenant, qu'est-ce que je vous apporte ?

Il ne mangea guère, au grand dam d'Enzo.

Il sortit de la trattoria et se retrouva trempé. Il pleuvait comme vache qui pisse et un vent furieux et fort empêchait même de marcher. Les égouts débordaient et les trottoirs étaient sous l'eau.

'Ntonio Garzullo était un quadragénaire sec, portant lunettes, plutôt mal vêtu et très nerveux.

— *Dottore*, Enzo a fait une très grande connerie de vous raconter ce que j'ai dit pour me soulager le cœur en famille, attaqua-t-il tandis qu'il s'essuyait le visage avec un mouchoir.

— Enzo savait très bien qu'il parlait non pas avec un commissaire, mais avec un ami. Et vous aussi vous le savez. Nous deux, on va avoir une petite conversation privée et pirsonne ne saura rin.

'Ntonio parut un peu rassuré. Et il voulut justifier ce qu'il venait de dire.

— Passque, vous acomprenez, si le moindre bruit arrive aux oreilles des types de Farullo, je suis fichu.

— Il ne leur arrivera rin, je vous l'assure.

— Dites-moi ce que vous voulez savoir.

— En premier lieu, vous êtes absolument sûr que les inspecteurs de la Région ne sont jamais venus ?

— Oh que oui, monsieur. Sûr comme la mort. Moi, je suis sur le chantier du matin au soir. Ils y ont jamais mis les pieds. Et ne sont jamais non plus venus au bureau.

— Mais alors, comment avez-vous su que l'ordre de mise à l'arrêt du chantier venait de la Région ?

— C'est le directeur des travaux, l'ingénieur Gangitano, qui nous a tous réunis pour nous donner la nouvelle.

— Vous vous arappelez précisément ses paroles ?

— Il a dit que les inspecteurs avaient détecté quelque chose qui ne correspondait pas aux termes de l'appel d'offres.

— Il s'agit d'un gros marché ?

— Oh que oui. La construction d'un ensemble d'HLM.

— Vous avez une explication, vous ?

— Oh que non. Mais y a un autre truc étrange que je sais.

— Lequel ?

— Qu'au chantier de la Spampinato à Montereale, ça s'est passé tout à fait pareil.

— À Montereale aussi, on n'a pas vu les inspecteurs mais le chantier a été fermé ?

— Exactement. Alors j'ai été pris de curiosité et j'ai posé quelques questions. Et vous voulez savoir ma conclusion ?

— Certes.

— Les inspecteurs ne sont allés que sur deux chantiers, celui de Rosaspina et celui de Lo Schiavo. Sur les quatre autres, on ne les a pas vus.

— Moi, il m'a été rapporté, par 'ne pirsonne bien 'nformée, qu'ils sont aussi allés à celui d'Albachiara.

— Oh que non. Je peux vous l'assurer. Ils veulent faire accroire ça, mais c'est pas vrai.

Tout à coup, dans la coucourde du commissaire, une espèce d'ampoule s'alluma pour s'éteindre aussitôt.

— Tous ceux qui travaillaient sur son chantier, la société Farullo les a mis en règle ?

D'un coup, Antonio Garzullo, calme jusque-là, parut mal à l'aise et s'agita sur sa chaise.

— Comment ça ?

— Vous avez très bien compris.

Le tonnerre résonnait si fort, sans arrêt, qu'ils devaient élever la voix.

'Ntonio répondit dents serrées, à contrecœur.

— Disons… à 60 %. Les autres ne sont pas en règle. Ce sont des clandestins, sans permis de séjour, sans rin… Mais je vous en prie, *dottore*, faites attention…

— Soyez tranquille.

— Du reste… ce ne sont pas les seuls à faire comme ça. Sur tous les autres chantiers, c'est pareil.

— Ceux qui sont pas en règle sont payés au noir ?

— Oh que oui.

— Alors que ceux qui le sont, comment on les paye ?

— Je comprends pas la question.

— Par chèque ? Par virement bancaire ? Au comptant.

— Au comptant. De toute manière, pirsonne arrive à mille euros par semaine.

L'ampoule recommença à s'allumer et s'éteindre dedans la coucourde du commissaire.

Il se posa une question précise : et si tous, en règle ou pas, étaient payés en argent noir ?

Dès qu'il fut seul, il appela Pasqualino, le fils d'Adelina, qui était un voleur et qu'il avait lui-même arrêté plusieurs fois. Mais quand il pouvait, Pasqualino lui rendait quelques services.

— Je vous écoute, *dottore*.

— T'es occupé ?

— Oh que non.

— Faut que je te parle.

— Je suis dans le coin. J'arrive tout de suite.

Il s'apprésenta une dizaine de minutes plus tard, retira son imperméable qui dégoulinait, s'assit.

— J'ai besoin d'une 'nformation.

— *Ccà sugno*, je suis là.

— Par hasard, tu aurais entendu parler d'un gros cambriolage qui se serait passé y a quelques jours ?

— Un cambriolage de quoi ?

— De l'argent. Qui était dans un coffre-fort.

— Dans 'ne banque ?

— Non, chez un particulier.

— Ici, à Vigàta ?

— Oui. Dans la campagne Pizzutello.

— Là où qu'ils ont tué ce gars ?

— Pricisément.

Pasqualino secoua la tête.

— C'est pas un truc à nous. Et je crois pas que ça soit des voleurs venus d'ailleurs, passqu'on l'aurait su pareil.

Et c'est ainsi qu'il eut la confirmation qu'il ne s'agissait pas d'un vol commis par des voleurs ordinaires, comme le soutenait Mimì.

Dès que Pasqualino sortit, Augello entra.

— Je me creuse la coucourde pour m'arappeler où c'est que j'ai vu ce tatouage du soleil… C'te Pitrineddru, il t'a pas donné d'autres détails ?

— Tout ce qu'il m'a dit, je te l'ai répété.

— S'il arrivait à me dire s'il avait des moustaches ou pas, s'il a noté quelques cicatrices…

— Je ne pense pas qu'il se l'arappelle. À part qu'il est ce qu'il est, une bestiasse avec une cervelle de minot, il a dû être bouleversé par la scène qu'il a vue.

— Tu crois que si je vais lui parler, il me dérouille ?

— Probablement. Mais si tu aréussissais à identifier c't'homme, on ferait un pas de géant.

— Je sais. C'est pour ça que je me torture.

— On pourrait y aller ensemble. À moi, il me fait confiance. Je pourrais lui raconter des bobards, du genre que Inge a tiléphoné et demandé de ses nouvelles, mais je me sens pas de faire ça.

— Attends, il m'est venu une idée. Et si je vais le voir en lui disant seulement que je suis un ami d'Inge, que je viens d'Allemagne et qu'elle lui envoie son bonjour ?

— Ça pourrait marcher.

— Alors, explique-moi comment on y va.

— Tu veux y aller par ce temps ?

— Oui, passque sinon, je vais pas en dormir de la nuit.

Montalbano lui fit même un plan de la route et du chemin qui conduisait sur l'arrière de la maison de Pitrineddru, en lui recommandant d'éviter la vieille et d'y aller quand il ferait nuit.

Vers cinq heures et demie, il areçut un coup de fil de Gambardella. La satisfaction s'entendait dans sa voix.

— Cher *dottor* Montalbano, je vous dérange ?
— Pas du tout.
— Je n'ai pas entendu. Il tombe un vrai déluge.
— J'ai dit que vous ne me dérangez pas.
— Je voulais vous faire savoir qu'Asciolla m'a appelé. Visiblement, le petit truc de la lettre perdue a marché.
— Qu'est-ce qu'il vous a dit ?
— Que ce matin, l'ingénieur Riggio, le directeur des travaux avec qui il s'était disputé, l'a convoqué pour lui communiquer que, s'il voulait revenir travailler chez Albachiara, dès que la situation des chantiers serait débloquée, il n'y aurait pas de problème.
— Et Asciolla ?
— Il a remercié en faisant semblant d'être ému et a accepté. Maintenant, il se sent plus rassuré. Il me rappellera dans quelques jours. Qu'est-ce que vous en pensez ?
Le journaliste s'attendait à recevoir les félicitations du commissaire, mais il fut déçu.
— Faites très attention, dit Montalbano.
— À quoi ?
— Ce changement soudain d'attitude d'Albachiara… je ne sais pas… ça me paraît faux.
— Moi, au contraire, je suis sûr qu'ils ont marché. Et qu'en faisant ça, ils comptent se gagner le silence d'Asciolla.
— Quoi qu'il en soit, je vous recommande encore la prudence.
— Je ne suis pas né d'hier, rétorqua, agacé, Gambardella.

— Et soyez assez aimable, si vous devez rencontrer Asciolla, de me communiquer à l'avance l'heure et le lieu de l'entrevue.

Il venait juste de reposer le combiné quand l'électricité fut coupée dans tout le commissariat.

L'orage était à son apogée, le vent secouait les vitres des fenêtres, des éclairs incessants faisaient régner le jour. Et survint 'ne espèce d'intermède comique.

Sur le seuil apparut Catarella avec une sorte de chandelle dans une main et une soucoupe dans l'autre. Et ses deux mains tremblaient.

— Une bougie, je vous apportai.

— Pourquoi tu trembles ?

— Passque les éclairs me foutent la chocotte.

Il tenta de poser la soucoupe sur le bureau mais, à cause de son tremblement, elle lui glissa des mains et tomba au sol.

Catarella se pencha pour la prendre et, dans le mouvement, appuya la bougie contre la pile de papiers à signer. Laquelle, 'mmédiatement, prit feu.

En jurant, Montalbano repoussa la pile, et les feuilles qui brûlaient tombèrent, une partie par terre, l'autre sur Catarella qui se relevait.

— Au secours ! Au secours ! J'ai pris feu ! cria Catarella en se précipitant hors de la pièce.

Il s'ensuivit un viretourne. Deux agents entrèrent dans le bureau et éteignirent les feuilles en les piétinant.

— Allez voir comment va Catarella, dit le commissaire.

Et à ce moment, l'électricité revint et, avec elle, Catarella. Il était complètement trempé mais fier de lui.

— *Dottori,* dès que je pris feu, je pinsai que le mieux était de courir dehors pour me mettre sous l'eau pour éteindre l'enflammement. Je fis bien ?

TREIZE

Il rentra chez lui alors que le déluge tombait toujours, même si le pire était en train de passer.

Comme, du fait des fortes bourrasques, il ne pouvait même pas garder ouvertes les portes-fenêtres de la véranda, il adécida de manger à la cuisine.

La mer avait recouvert la plage, elle s'en était emparée, l'avait fait disparaître. Quelques mètres encore et puis elle viendrait battre contre les murs de la maison.

Il prit largement sa revanche du repas succinct de midi en se goûtant une fourchetée après l'autre de l'imaginative salade de fruits de mer d'Adelina et de ses paupiettes d'espadon.

Puis il débarrassa et appela Livia.

— Ici aussi, il pleut depuis ce matin. Mais je vais devoir sortir quand même.

— Et pourquoi ?

— Selene fait des caprices. Elle en avait marre de rester enfermée. J'ai profité d'un moment où il ne pleuvait pas et…

Elle s'interrompit, éternua.

— Tu vois ? dit Montalbano, irrité. Ne fais pas de bêtises, Livia, tu n'es pas encore tout à fait rétablie et il suffit d'un rien pour… Tu ne dois pas faire d'imprudences.

— Tu me sermonnes ? Tu plaisantes ? Qu'est-ce que tu veux que ce soit, un petit refroidissement !

C'était mieux comme ça. Que c'était bon de sentir Livia d'humeur batailleuse ! Sainte Selene, soyez louée et remerciée.

Ensuite, il s'installa dans un fauteuil et alluma la télévision, vu que c'était l'heure du journal de Retelibera.

... l'écroulement du bâtiment B a eu lieu à 19 h 30 tandis que l'orage se déchaînait. Le gardien du complexe, Augusto Pillitteri, cinquante-six ans, qui se trouvait par hasard aux environs, a subi des blessures à la tête et au thorax. Il a été transporté à l'hôpital Sant'Antonio de Montelusa avec un pronostic réservé. Il y a quelques mois, un autre bâtiment de ce même ensemble scolaire de Villaseta...

En entendant ces mots, Montalbano se redressa sur son fauteuil et se fit très attentif.

... a été déclaré non-conforme aux normes de sécurité peu après avoir été livré à la commune. Nous avons demandé une explication possible à l'ingénieur Emanuele Riggio, directeur des travaux de construction du complexe pour le compte de la société Albachiara et il nous l'a courtoisement fournie. Voilà ce qu'il nous a dit.

La tête de Zito disparut au profit de celle de l'ingénieur. Un quinquagénaire aux traits fatigués, cheveux coupés presque à zéro, œil froid, 'ne blessure à la place des lèvres.

Il n'y a pas grand-chose à expliquer. Tout le complexe se dresse sur une zone, non choisie par nous, notez-le bien, mais par les communes de Vigàta et de Montelusa, qui est sujette à des déplacements de terrain. Naturellement, avant d'entamer les travaux, notre société s'est adressée à l'éminent professeur Augusto Maraventano, lequel dans son expertise, a déclaré la zone parfaitement constructible. Après la déclaration de non-respect des normes d'un des bâtiments, le tribunal a ordonné une nouvelle expertise géologique, laquelle, malheureusement, a démontré l'inexplicable fausseté de l'évaluation du professeur Maraventano. En conséquence, Albachiara a été exonérée de toute responsabilité. L'écroulement d'aujourd'hui est donc à attribuer exclusivement à l'orage violent qui, à l'évidence, du fait des infiltrations, a provoqué un nouveau déplacement de terrain.

Le visage de l'ingénieur qui, en disant la dernière phrase, s'était encore durci, disparut, et celui de Zito réapparut.

Cet orage a entraîné d'autres dégâts dans différentes localités de la Province. À Montelusa...

Montalbano éteignit.

Il se leva et se mit à arpenter sa chambre.

L'ingénieur avait eu beau tenter de prévenir la chose, il ne faisait pas de doute que l'effondrement ferait renaître et renforcerait les bavardages et les 'nsinuations de la fois précédente, quand le premier bâtiment avait été endommagé.

Albachiara allait s'aretrouver entourée de doutes et de soupçons dans un moment très délicat, vu que son chantier de la campagne Riguccio était arrêté pour irrégularité.

Et tout cela entraînait qu'un article de Gambardella, fondé sur les révélations d'Asciolla, pouvait porter un coup mortel à la société et envoyer quelques personnes en taule.

Et maintenant, si ceux d'Albachiara n'avaient pas eu de scrupule à tirer sur un pauvre maçon qui ne savait à peu près rien des petites magouilles de l'entreprise, imaginez ce qu'ils pourraient faire à Asciolla qui, lui, en savait pas mal sur leur compte.

Assez pour les ruiner à jamais.

Il alla se coucher inquiet pour le journaliste et pour le chef de chantier.

Il fallait qu'ils fassent plus attention. En seraient-ils capables ?

Quand il s'endormit, le vent était tombé mais la pluie continuait.

Il s'aréveilla plus tard que d'habitude.

La pluie tombait toujours et bien qu'il fût huit heures, dans la maison, on n'y voyait guère. Le courant était coupé. Une heure plus tard, il fut prêt à sortir.

La petite route qui menait de chez lui à la provinciale s'était transformée en un torrent de boue. La voiture du commissaire peina dans la montée. Sur la route provinciale, il y avait 'ne queue interminable de voitures immobilisées, collées l'une à l'autre. Il mit plus d'une heure pour arriver au commissariat.

— Ah, *dottori* ! Il y aurait qu'il y a dans la salle d'attentement, Me Couillon avec un de ses clients lequel voudrait parler avec vosseigneurie pirsonnellement en pirsonne.

— Catarè, qu'est-ce que tu viens me raconter comme connerie ?

— Comment, *dottori* ?

— C'est pas possible que l'avocat s'appelle comme ça.

— Moi aussi, ça m'a paru un peu drôle, mais je peux en mettre ma main au feu.

— Fazio est là ?

— Sur les lieux il est là.

— Envoie-moi d'abord Fazio et ensuite l'avocat.

— Tu as du neuf ? demanda-t-il à Fazio quand il entra.

— Oh que oui.

— On en parlera après. Maintenant, assieds-toi et écoutons ensemble ce que veut l'avocat.

On frappa doucement à la porte.

— Entrez ! dit le commissaire en se levant.

Apparut un grand homme, dans les quarante-cinq ans, distingué, souriant, les manières désinvoltes. Dans sa main gauche, il tenait un élégant porte-documents qui devait coûter les yeux de la tête. Derrière lui, un quadragénaire maigre, mal vêtu, négligé, les yeux enfoncés dans les orbites, une barbe de plusieurs jours.

— Je suis Me Eugenio Boglione.

Poignées de main.

— Et voici mon client, Pino Pennisi.

Lequel ne donna la main à pirsonne et resta bras ballants, l'œil baissé et les genoux un peu pliés.

— Asseyez-vous, les invita Montalbano en 'ndiquant les deux chaises devant le bureau.

Fazio, qui était resté debout, écrivit rapidement quelque chose sur un bout de papier et le tendit au commissaire.

— C'est le numéro de téléphone que vous m'avez demandé.

Sur le papier était écrit :

« *Pen a amené Inge à Vig.* »

Alors Montalbano s'arappela ce que lui avait raconté Terrazzano.

Inge était arrivée d'Allemagne à Vigàta parce qu'elle était la fiancée d'un maçon.

Ce Pino Pennisi qui se trouvait maintenant devant lui.

— Je vous écoute, dit le commissaire, cordial.

Le sourire amène de l'avocat disparut d'un coup, son visage se fit très sérieux.

— Mon client, Pennisi Giuseppe, dit Pino, est venu se constituer prisonnier, annonça-t-il d'une voix solennelle.

Ce fut tout pareil que s'il avait dit qu'au-dehors, il pleuvait. Fazio resta impassible. De son côté, Montalbano ne parut accorder aucune importance à ces mots.

Il ouvrit un tiroir, chercha à l'intérieur, n'atrouva pas, repoussa le tiroir, demanda à Fazio :

— Tu n'aurais pas un bonbon ?

— Non, *dottore*, je regrette.

Alors Montalbano se sentit en devoir d'expliquer à l'avocat qui le fixait d'un air ahuri :

— Quelquefois, il me vient une démangeaison dans la gorge que les bonbons seulement... Excusez-moi, vous me disiez que votre client est venu se constituer prisonnier ?

— Oui, arépondit l'avocat.

Il avait perdu un peu de sa superbe, l'histoire du bonbon lui avait cassé l'effet qu'il avait espéré obtenir.

— Qu'est-ce qu'il a fait ?

— C'est lui qui a tué Gerlando Nicotra en état de légitime défense.

Montalbano et Fazio échangèrent un regard, s'acomprirent.

Le troisième acte avait commencé.

— Ah, fit le commissaire.

Et il n'ajouta rien d'autre. Le silence tomba. Montalbano parut se perdre dans la contemplation des gouttes qui, poussées par le vent, tapotaient la fenêtre.

Enfin, il parla.

— Si seulement j'avais un bonbon...

— Vous voulez que j'aille vous en chercher un ? proposa Fazio en se levant.

— Oui, merci.

Fazio sortit. Montalbano émit deux hem hem, se leva, gagna la fenêtre, émit deux autres hem hem, se rassit. L'avocat fixait ses mouvements *'nsallanuto*, transformé en statue de sel.

Fazio revint, posa un bonbon sur le bureau et s'assit. Le commissaire défit l'enveloppe, se le glissa dans la bouche avec une satisfaction évidente.

— Là, je me sens mieux.

— Voulez-vous écouter comment se sont déroulés les faits ? demanda l'avocat qui voulait reprendre la situation en main.

— Pourquoi pas ? rétorqua Montalbano.

— Mon client… commença Boglione.

— Je souhaiterais l'entendre raconter par M. Pennisi.

Pennisi déglutit deux fois avant d'acommencer à parler. Il ouvrit la bouche et la referma aussitôt, comme si tout d'un coup les forces lui manquaient.

— Courage, lui dit l'avocat.

— Depuis le début ? demanda-t-il.

— Oui.

Il poussa un long soupir et attaqua.

— J'ai connu Inghi quand je besognais comme maçon en Allemagne. À l'époque, elle allait sur ses vingt ans. On est tombés amoureux et on s'est mis ensemble. Elle avait ni père ni mère. Au bout de moins d'un an, j'ai su qu'ici, il y avait du travail et j'adécidai de rentrer. Inghi est venue avec moi. On est allés chez une sœur de ma mère et Inghi s'est mise à faire la vendeuse dans un supermarché. Six mois passèrent et un soir, en rentrant à la maison, je ne l'atrouvai pas. Ma tante me dit qu'elle était venue dans l'après-midi, avait fait ses bagages à toute vitesse et qu'elle était partie avec l'homme qui l'attendait en voiture. Et à partir de là, je ne l'ai plus vue pendant quelques années.

— Un moment, l'interrompit le commissaire. Vous êtes en train de me dire que vous avez tout de suite accepté la situation ? Que vous n'avez pas tenté de la voir ? De la ramener à la maison ?

— Non, monsieur.

— Vous n'avez même pas eu la curiosité de savoir le nom de l'homme avec lequel elle était partie ?

— Le nom, je l'aconnaissais déjà. C'était don Gaetano Pasanisi, le propriétaire du supermarché.

— Comment l'avez-vous su ?

— Inghi m'avait dit qu'il lui collait et lui faisait des cadeaux et des propositions. Et comme elle se plaignait que je ramenais pas beaucoup de sous à la maison, j'acompris tout de suite qui était l'homme avec lequel elle était partie et donc qu'il était 'nutile d'aller la chercher.

— Vous confirmez que vous ne vous êtes plus vus durant toutes ces années, même par hasard ?

— Oh que oui. Et puis, elle faisait plus la vendeuse, elle faisait la femme entretenue.

— Continuez.

— Après, il y a deux mois, comme je besogne au chantier de Rosaspina qui est à la campagne Pizzutello, un matin, comme je m'y rendais, je me l'atrouvai devant moi. Elle me matait et me souriait. Moi, j'ai continué tout droit mais elle m'a appelé. On a bavardé un moment, puis elle a enfourché sa bicyclette et a repris sa route.

— Vous vous rappelez ce que vous vous êtes dit ?

— C'est elle qui a parlé presque tout le temps. Elle m'a dit qu'elle s'était mariée avec le comptable Nicotra, qu'ils n'avaient pas d'enfants et elle m'a fait voir où elle habitait et que c'était près du chantier. Elle a voulu savoir si j'étais marié et je lui ai dit que oui et que j'avais deux enfants.

— Vous connaissiez Nicotra ?

— Oh que oui, de vue. Certaines fois, je l'avais vu passer en voiture, mais je ne savais pas qu'il était marié avec Inghi.

— Comment est-ce que vous vous êtes dit au revoir ?

Pennisi posa un regard ahuri d'abord sur l'avocat puis sur le commissaire.

— Qu'est-ce que ça veut dire ?

— Je veux seulement savoir si au moment de vous quitter vous vous êtes serré la main, embrassés ou rien de ce genre.

Pennisi mata nouvellement l'avocat, il semblait en difficulté.

— Dites tout, l'incita Boglione.

— *Iddra*… elle… m'a serré dans ses bras.

— Et vous avez fait quoi ?

— Je l'ai serrée dans mes bras aussi.

— Vous vous êtes donné un baiser ?

— Oh que non.

— Vous vous rappelez quelle heure il était ?

— Il pouvait être dans les huit heures et demie du matin. J'étais en retard à la besogne.

— Et ça se passait sur la route qui mène au chantier ?

— Oh que oui.

— Il n'y avait pas de risque que quelqu'un vous voie ?

— Bien sûr qu'il y en avait. Mais je crois que pirsonne ne nous a vus.

— Continuez.

— Une semaine plus tard, comme j'avais juste pris la route pour le chantier…

— Vous y alliez en voiture ?

— Oh que non, avec la moto. Une semaine après, ça se passa tout pareil. Elle me demanda si quand j'aurais fini la journée de besogne, je voulais pas aller la voir, qu'elle avait envie de parler du bon vieux temps. Elle m'a dit aussi que son mari revenait vers huit heures et comme ça, on aurait une bonne heure. Moi, je lui dis que j'avais à faire, mais elle a insisté et à la fin, j'arépondis que oui.

— Et vous y êtes allé ?

— Oh que oui.

— Pourquoi ?

— Je ne sais pas.

— Vous êtes retombé amoureux ?

— Oh que non.

— Vous la désiriez encore physiquement ?

— Oh que oui. Et peut-être aussi passqu'elle m'avait l'air d'avoir encore le béguin pour moi et que je pouvais avoir ma revanche de son abandon.

— Vous avez couché ensemble ?

— Cette fois-là, non.

— Dites-moi exactement ce que vous avez fait.

— Dès que je suis arrivé, elle m'a dit que dans la chambre du dessus il y avait un oncle à elle venu d'Allemagne, mais qu'il ne descendrait pas et qu'il ne nous dérangerait pas.

— Un moment. Cet oncle, elle vous en avait parlé quand vous étiez ensemble en Allemagne ?

— Il me semble pas.

— Continuez.

— On s'est assis sur le canapé et elle a commencé à me parler en me tenant la main bien serrée.

— De quoi parlait-elle ?

— Elle m'a dit qu'elle n'était pas contente de son mariage, que son mari la négligeait, qu'il lui avait fait beaucoup de promesses et n'en avait pas tenu une seule, qu'elle était mieux quand elle était avec moi et qu'elle travaillait comme vendeuse…

— Vous vous êtes embrassés ?

— Oh que oui.

— Vous vous êtes mis d'accord pour vous revoir ?

— Oh que oui. Elle m'a expliqué qu'elle n'était pas toujours libre entre six et huit. Mais que je pouvais sûrement revenir trois jours plus tard. Et c'te fois, on a fait l'amour.

— Où ?

— Toujours dans la grande pièce d'en bas, vu qu'il y avait 'n canapé.

— Une chose, par curiosité. L'oncle, vous l'avez entendu bouger quelquefois, au moins ?

— Bien sûr. Mais Inghi m'a dit qu'il ne sortirait pas de sa chambre. Et en effet, moi, je l'ai jamais vu, même par erreur.

— Vous avez entendu sa voix ?

— Une fois, il parlait au tiléphone.

— Comment parlait-il ?

À cette question, Pennisi écarquilla les yeux qu'on aurait dit Pitrineddru.

— Qu'est-ce que ça veut dire ?

L'avocat 'ntervint.

— Monsieur le commissaire veut savoir s'il parlait en italien ou en allemand.

Il avait appuyé sur le dernier mot.

— En allemand, fit écho Pennisi.

— Combien de fois vous êtes-vous encore rencontrés avant celle où Nicotra vous a surpris ?

— Quatre fois.

— Toujours entre six et huit ?

— Oh que oui.

— Maintenant, racontez-moi cette fameuse nuit.

— La dernière fois, Inghi me dit que son mari lui avait annoncé que le lendemain soir, son mari, après dîner, devrait aller à Palerme et qu'il reviendrait le surlendemain en fin de matinée. C'était une bonne occasion pour pouvoir enfin passer toute une nuit ensemble. On est tombés d'accord que je viendrais, par sécurité, juste après minuit. Et qu'avant de frapper, je devais vérifier que la voiture n'était plus au garage. Et c'est comme ça que j'ai fait.

— Quelle excuse avez-vous donnée à votre femme ?

— Que j'avais des heures supplémentaires.

— De nuit ? Avec cette pluie ?

— Je me suis 'nventé qu'il s'agissait d'un mur intérieur d'une maison et que c'était un truc urgent.

— Poursuivez.

— J'arrivai, je vis que la voiture n'était pas là et Inghi, qui m'attendait, m'a ouvert la porte. Elle m'a dit d'enlever mes chaussures.

— Pourquoi ?

— D'abord, elle ne voulait pas que je lui mette de la boue dans la maison et ensuite pour ne pas faire de bruit en montant l'escalier. Elle, en fait, elle avait apporté les pantoufles. Moi, je me levai les chaussures, elle les prit et les mit sur le radiateur de l'autre côté de la pièce pour les faire sécher. Elle fit pareil avec mon imperméable.

— Ensuite vous êtes montés dans la chambre à coucher ?

— Oh que oui, après que Inghi a éteint la lumière.

— Vous vous souvenez si la porte de la chambre de l'oncle était ouverte ou fermée ?

— Elle était ouverte aux trois quarts.

— La lumière était allumée ?

— Oh que non. Je l'ai entendu ronfler.

— Et puis ?

— Inghi me fit entrer et ferma la porte.

— À clé ?

— Oh que non. Moi, je me déshabillai, elle enleva sa robe de chambre et on s'est couchés. Dehors, y avait un grand bazar de pluie et de vent.

— Vous aviez gardé la lumière allumée ?

— Oh que non. Inghi me dit… me dit qu'elle avait plus de plaisir à le faire à la lumière des éclairs.

— Quand Nicotra est-il arrivé ?

— Vers trois heures et demie, le barouf se calma un peu et tous les deux, on a entendu la voiture qui arrivait. Inghi areconnut le bruit du moteur. Elle me dit en tremblant que son mari était de retour. Moi, j'attrapai mes habits, je sortis, je rentrai dans la chambre de l'oncle pendant qu'Inghi arrangeait le lit. Puis elle me dit de me mettre derrière la porte et de m'en aller dès que son mari se serait endormi.

— Elle a laissé la porte de son oncle aux trois quarts ouverte ?

— Bien sûr. Tellement que j'ai eu du mal à m'habiller.

QUATORZE

Et là, Pennisi se tut, il rouvrit la bouche et la ferma, s'agitant sur sa chaise. L'avocat, qui ne s'attendait pas à cette 'nterruption, le fixa d'un air inquiet.

— Qu'est-ce qu'il y a ? demanda-t-il.

Pennisi ouvrait et refermait sans arrêt la bouche comme s'il manquait d'air. Il murmura :

— Je peux plus parler.

— Pourquoi ? Qu'est-ce qui t'arrive ? interrogea Boglione en se montrant encore plus inquiet.

— Passque j'ai la bouche sèche.

Le visage de l'avocat se rasséréna d'un coup.

Montalbano eut envie de rire, Boglione avait eu une frousse mortelle que Pennisi ait oublié le texte de son rôle, ou bien qu'il ait perdu l'envie de continuer.

Sur un geste du commissaire, Fazio se leva, remplit un verre avec la bouteille toujours posée sur une espèce de classeur, et le lui tendit.

Pennisi le but cul sec.

— Voulez-vous continuer ou préférez-vous reprendre après une suspension ? demanda Montalbano.

— Continuons, continuons, intima l'avocat.

— Laissez-le répondre.

Pennisi fit oui de la tête. Mais Montalbano ne dit rien et alors, ce fut Boglione qui le sollicita.

— Mon client est prêt à…

— J'ai compris. Combien de temps a mis Nicotra pour ranger la voiture au garage et monter à l'étage ?

— Je ne me l'arappelle pas.

— Faites un effort.

— Six ou sept minutes. Moi, pendant ce temps, je m'étais rhabillé et j'étais debout derrière la porte.

— Beaucoup de peur ?

— Qui avait peur ?

— Comment, qui avait peur ? Vous, vous aviez peur ?

— Bien sûr.

— Vous transpiriez ?

— Je ne…

— Vous trembliez ?

— Je vous ai dit que je ne…

— Vous aviez la gorge sèche comme tout à l'heure ?

— Oh, Sainte Mère ! Je…

— Je ne comprends pas le but de ces questions, 'ntervint Boglione d'une voix nerveuse.

— Maître, vous me surprenez ! Vous entendez soutenir la thèse de la légitime défense, oui ou non ?

— Bien sûr que si !

— Et alors, mes questions tendent à cerner quel était l'état d'esprit de votre client. Mais si vous ne… moi, je renonce, vous savez ?

— Mais non, au contraire…

— Non, non, laissons tomber ce sujet. Une fois en haut, que fit Nicotra ?

— Il demanda à Inghi si elle dormait et elle lui répondit pas. Alors, Nicotra alla dans la salle de bains et y resta longtemps.

— Combien de temps ?

Pennisi le fixa, l'air complètement hébété. Il était trempé de sueur, ses mains tremblaient.

— Qu'est-ce que ça veut dire ?

— Vous ne pouvez pas être plus précis ? « Longtemps », c'est un peu trop approximatif, vous ne trouvez pas ?

Ahuri, Pennisi demanda à l'avocat :

— Combien de temps il y est resté ?

— Et qu'est-ce que j'en sais, moi ? rétorqua Boglione, agacé.

— Disons un quart d'heure ? suggéra le commissaire.

— D'accord.

— Et ensuite ?

— Quand il est retourné dans la chambre à coucher, il était quatre heures passées. Au bout d'un moment, il s'est levé en grognant et est descendu au rez-de-chaussée, peut-être pour boire de l'eau. Enfin, au bout d'une demi-heure, j'ai compris qu'il s'était endormi.

— À quoi l'avez-vous compris ?

— À sa respiration régulière.

— Vous n'avez pas soupçonné qu'il puisse faire semblant ?

— Oh que non.

— D'après vous, comment a-t-il fait, Nicotra, pour comprendre qu'il y avait un étranger chez lui ? Il a vu dans la pièce d'en bas votre imperméable et vos chaussures ?

— Je ne crois pas qu'il les ait remarqués.

— Pourquoi ?

— Passqu'ils étaient au fond de la pièce, là où y a le coin salon, et là, les lumières étaient éteintes.

— Et alors ?

— D'après moi, l'histoire qu'il devait aller à Palerme était pas vraie. Il se l'était 'nventée, c'était un piège dans lequel Inghi et moi on est tombés. Peut-être qu'il a eu la confirmation que j'étais chez lui en voyant la moto près du garage.

— Ça n'explique pas comment Nicotra a su que sa femme le trahissait avec vous.

— Peut-être que quelqu'un nous a balancés.

— Qui ?

— Un de mes camarades de travail m'aura vu quand j'allais atrouver Inghi.

— Quel motif aurait-il eu de vous mettre dans le pétrin ?

— Bah, peut-être qu'il était envieux… que moi je me la… Inghi était… c'est une belle nana.

— Racontez-moi ce que vous avez fait quand vous avez cru que Nicotra s'était endormi.

— J'ai commencé à bouger avec précaution.

— C'est-à-dire ?

— Je suis sorti de la chambre.

— L'oncle ne s'est jamais réveillé ?

— Oh que non.

— C'est bizarre ! s'exclama le commissaire.

— Il entendait mal, probablement, ou bien il prenait un somnifère.

— Mais oui, mais oui… Et après que vous êtes sorti de la chambre ?

— J'ai mis sûrement un quart d'heure à descendre l'escalier, tellement j'allais doucement.

— Et quand vous êtes arrivé en bas, qu'est-ce que vous avez fait ?

— Comme j'étais perdu et que j'avais peur, et que la seule pinsée que j'avais, c'était de m'enfuir de cette maison, je suis allé tout de suite ouvrir la porte qui était juste poussée. Je l'ouvris et alors seulement je me suis arappelé que j'étais pieds nus. J'ai couru à l'autre bout de la pièce, j'ai mis les chaussures qui étaient sous le radiateur, j'ai attrapé mon imperméable, je suis retourné à la porte et la voix de Nicotra m'a paralysé.

— Qu'est-ce qu'il a dit ?

— Bouge pas ou je te tire dessus.

— Il criait ?

— Il ne m'a pas semblé.

— Il murmurait ?

— Moi, je l'ai entendu, c'est tout.

— Vous vous êtes immobilisé et… ?

— Instinctivement, j'ai mis les mains en l'air et j'ai entendu, pendant qu'il s'approchait, qu'il voulait voir la tête de celui qui baisait sa femme.

— Donc, pas même un instant, il ne vous a pris pour un voleur ?

— Oh que non.

— Et alors ?

— Moi, j'acompris que j'étais foutu. Quand il est arrivé près de moi, il m'a dit de me tourner. Moi, sans réfléchir longtemps, perdu pour perdu, je me suis retourné d'un coup et je lui ai jeté avec force au visage l'imperméable que j'avais dans la main droite levée et…

— Félicitations. Joli coup, commenta Montalbano.

Et puis, à l'adresse de Fazio :

— C'était pas un joli coup ?

— Vraiment joli, dit Fazio en continuant à écrire comme il le faisait depuis un moment, sur un geste que lui avait adressé le commissaire quand il était revenu dans la pièce.

— Et ensuite ?

— Et ensuite, je lui ai agrippé la main et j'ai essayé de prendre le pistolet, mais j'ai pas réussi. Il m'a donné un coup de pied dans les roubignoles mais, malgré la douleur, je n'ai pas lâché prise. Tout à coup, en nous battant, comme on était tous les deux presque dehors, on s'est retrouvés qu'il me tournait le dos mais qu'il avait le bras positionné à mon avantage. Je lui ai tellement tordu la main qu'il a relâché sa prise et ce fut alors que, dans un seul mouvement, je le désarmai, lui donnai une bourrade et tirai. Je n'en avais pas l'intention mais ce fut instinctif.

— Le naturel instinct défensif, souligna Boglione.

— Continuez, continuez, dit Montalbano, comme captivé.

— Après le coup de feu, je suis resté pétrifié. Je l'ai vu attraper le vélo d'Inghi, qui se trouvait à côté de la porte et s'enfuir. À c'te point, Inghi, qui était descendue et avait assisté en partie à la bagarre, a eu l'air d'être devenue complètement folle.

— Qu'est-ce qu'elle disait ?

— Elle s'est mise à pousser des cris, en me serrant très très fort et en tremblant des pieds à la tête. Elle disait qu'on dirait que c'est elle et que je ne pouvais pas la laisser comme ça. Et puis elle est montée en courant à l'étage en appelant son oncle.

— Qui était toujours resté en haut ?

— Oh que oui.

— Ça ne vous semble pas bizarre qu'il ne soit même pas descendu en entendant le coup de feu ?

— Probable qu'il avait peur.

— Continuez.

— Moi, j'en ai aprofité pour courir prendre la moto et filer à toute vitesse.

— En faisant le même chemin que Nicotra ?

— Oh que non. Et je ne l'ai pas vu.

— Il me semble comprendre qu'Inge et vous ne vous êtes pas revus.

— Exactement.

— Écoutez, qu'avez-vous fait du pistolet ? C'était un pistolet, pas vrai, pas un revolver ?

— Oh que oui, un pistolet de chez nous, un Beretta. Un de mes amis en a un tout pareil. Je me le suis retrouvé en poche pendant que je rentrais à la maison, je m'arappelais même pas que je l'avais fait.

— Vous l'avez encore ?

— Oh que non, je l'ai jeté du pont dans le Simeto qui était devenu une mousse de boue plutôt que d'eau.

— Encore un dernier point, par curiosité. Nous avons trouvé l'oreiller de l'oncle souillé de sang. C'est vous qui l'aviez frappé, cette nuit-là ? Peut-être pour le faire tenir tranquille ?

— Oh que non. Mais Inghi m'a parlé de c't'histoire.

— Quelle histoire ?

— Un jour, elle m'a dit que son oncle, des fois, tout à coup, il se mettait à saigner du nez.

— Ah, voilà ! s'exclama le commissaire. Ce jour-là, vous êtes venu vérifier si Inge était encore dans la villa ou si elle était partie ?

— Oh que non, je n'y allai pas.

— Vous savez que nous avons retrouvé la voiture de Nicotra brûlée ?

— Oh que oui. Je l'ai appris par la tilivision.

— Donc, vous n'êtes pas en mesure de nous donner une explication là-dessus.

— Oh que non.

— Et voilà, dit l'avocat à c'te point. Et maintenant, si on peut relire le procès-verbal…

— De quel procès-verbal parlez-vous ? demanda le commissaire en prenant une tête ébahie.

— Mais de la déposition de mon client… et que vient juste de prendre votre…

— Mais est-ce que par hasard tu étais en train de dresser un procès-verbal ? ademanda Montalbano, surpris, à Fazio.

— Moi ? Non. Vous ne me l'avez pas demandé. Moi, j'étais en train d'écrire ce rapport, là, celui que vous m'avez demandé.

— Là, vous voyez ? Aucun procès-verbal.

L'avocat perdit complètement son aplomb.

— Mais… putain, c'est quoi ces façons de faire ? demanda-t-il en haussant la voix.

— Utilisez un langage correct et baissez le ton.

— Mais enfin ! Vous êtes là depuis une demi-heure, à recueillir les aveux de mon client et puis…

— Mais moi, je n'ai recueilli rien du tout ! N'essayez pas de renverser les choses ! C'est vous qui m'avez demandé si je voulais entendre comment cela s'était passé et, moi, par pure courtoisie, j'ai accepté.

— Mais vous niez l'évidence ! Vous vous êtes bien mis à poser un tas de questions circonstanciées, non ?

— Naturellement ! J'ai été pris de curiosité. C'est une histoire si passionnante !

L'avocat se mordit les lèvres, ajusta sa cravate, essaya de se calmer.

— D'après votre attitude, je dois déduire que vous refusez de procéder à l'arrestation ?

— Vous plaisantez ? Ne déduisez pas, je vous en prie ! Moi, j'en ai pris acte et je vais agir en conséquence. Ayez encore cinq minutes de patience. Maintenant, je téléphone à qui de droit.

Il composa un numéro sur la ligne directe et parla.

— *Dottor* Jacono ? Bonjour. Excusez-moi de vous déranger mais au commissariat s'est présenté Me Boglione avec un de ses clients, Pennisi, lequel déclare avoir tué Gerlando Nicotra. Qu'est-ce que je fais ? Ah, vous entendez l'entendre tout de suite ? Oui, oui, très bien.

Il raccrocha.

— Tout est réglé. Le procureur Jacono vous attend avec votre client. Vous désirez que je vous fasse accompagner par une de nos voitures de service ou vous préférez y aller avec la vôtre ?

— J'y vais avec la mienne. Bonne journée, dit l'avocat, rouge de fureur.

Il agrippa par une épaule Pennisi qui était resté assis, blême, et l'entraîna au-dehors.

Fazio ne put se retenir de rire.

— Sainte Mère ! L'avocat était sur le point d'exploser comme un ballon ! Vous lui avez ruiné sa comédie !

Montalbano, en revanche, était sérieux.

— Qu'est-ce qu'il y a, vous êtes inquiet ?

— Non, mais j'étais en train de pinser que derrière toute cette histoire, il y a de sacrés cerveaux. Qui pensent au moindre détail. Considère l'histoire d'Inge qui fait ôter ses chaussures à Pennisi. Tu sais pourquoi ? Passque nous aurions pu soutenir, sur la base des analyses de la Scientifique, qu'il n'y avait pas d'empreintes des chaussures de Pennisi. Et ils ont atrouvé aussi une bonne explication pour le sang sur l'oreiller. L'oncle en perdait souvent par le nez. Oncle qui parlait allemand. Chapeau. Ils ne savent pas en revanche les trois atouts qu'on a en main. Le témoignage de Pitrineddru ; le fait, qu'ils ignorent, que Nicotra et l'oncle étaient l'un et l'autre armés et enfin que nous avons découvert le coffre-fort souterrain.

— Et maintenant, qu'est-ce qui va se passer ?

— Ça dépend.

— De quoi ?

— Si Jacono a lu le rapport de la Scientifique, il s'ademandera d'où sort ce Beretta alors que, dans la maison, il y avait deux revolvers russes et il acommencera à mettre Pennisi sous pression. S'il ne l'a pas lu, il l'arrêtera.

— Mais vosseigneurie m'explique pourquoi vous n'allez pas voir Jacono pour lui dire ce qu'il en est ?

— Passque plus ils croiront qu'on a avalé l'hameçon, mieux ce sera. Et maintenant, parlons de ce qui m'intéresse. Tu as tous les noms ?

— Oh que oui. J'ai les noms des dirigeants des six sociétés.

Il sortit une feuille de sa poche. Montalbano l'arrêta.

— Ça m'intéresse pas de les aconnaître. Maintenant, ouvre bien tes oreilles. Avant tout, je veux savoir si certains d'entre eux ont des rapports de parenté, directs ou acquis, proches ou lointains, soit avec les Sinagra, soit avec les Cuffaro. Et s'il n'y a pas de rapports de parenté, savoir si dans le passé, il y a eu d'autres types de rapports : amitié, affaires, copinage… C'est clair ?

— Très clair.

— Après tu dois faire une chose très importante. Nicotra, avant d'être embauché par Rosaspina, quand il besognait avec Primavera, avait-il des assistants comptables qui adépendaient de lui ? Et si oui, c'tes personnes, où est-ce qu'elles besognent actuellement ?

Augello entra.

— Bonjour, tout le monde. Enrhumé, je suis.

— J'ai combien de temps ? demanda Fazio.

— Deux jours.

Fazio se leva et fonça hors du bureau à la vitesse d'un missile.

— Tu sais la grande nouveauté du jour ? L'assassin de Nicotra est venu se constituer prisonnier.

— Vraiment ? demanda Augello, abasourdi.

— C'est une histoire de cocus qui te plaira. Assois-toi que je te la raconte. Et je t'explique aussi pourquoi c'est tout du bidon.

— Quelle connerie grosse comme une montagne ils veulent combiner ?

— Je suis en train de m'en faire une idée.

— Dis-la-moi.

— C'est encore tôt pour en parler. Et toi ? T'as rencontré Pitrineddru ?

— Laisse tomber. La seule chose que j'y ai gagné, ça a été ce rhume.

— Mais tu lui as parlé ?

Augello grimaça.

— J'arrivai qu'il pleuvait comme vache qui pisse et j'ai dû me faire à pied le chemin qui mène derrière la maison en me trempant. Pitrineddru était dans le poulailler qui est recouvert d'une toiture. Je l'appelai et il sortit et vint à ma rencontre. « Qui t'es ? » il m'a demandé. Moi, je voulais lui arépondre que j'étais un ami d'Inge, mais j'aréussis seulement à dire « Je suis… » que lui il me donnait déjà un coup de poing au creux de l'estomac en disant : « Toi, t'es un fils de pute de flic. » Et il s'en alla dans le poulailler.

— Et toi ?

— Qu'est-ce que je devais faire, d'après toi, avec une bestiasse de ce calibre ? L'arrêter ? Lui tirer dessus ? Je me suis repris la voiture et je suis rentré. *Nuttata persa e figlia fimmina*, « Une nuit de perdue pour un enfant et c'est une fille[1] ».

— Et ça ne te revient vraiment pas où tu as vu l'homme au tatouage ?

— Noir complet.

Il arriva à la trattoria si tard qu'Enzo avait acommencé à débarrasser les tables.

— Il est resté quelque chose pour moi ?

— Je vous fais tout de suite des pâtes.

— Non, laisse tomber. Pas de premier plat. Amène-moi une grosse portion de hors-d'œuvre de la mer.

— Oh que oui. Et après ça vous va, du bar ?

— Ça me va très bien.

Mais Enzo ne s'éloigna pas.

— Y a quelque chose ?

— Excusez-moi, mais c'est vrai que celui qui a tué Nicotra est venu se constituer prisonnier ?

— Vrai, c'est. Mais comment t'as su ça, toi ?

— Je l'ai entendu à la télévision, à Televigàta.

— Et quand ?

1. Expression toute faite faisant allusion à la déception du père sicilien, macho ordinaire, qui a attendu toute la nuit que sa femme mette au monde un enfant, lequel s'avère être une fille.

— Ce matin, au journal de 11 heures.

Et comment c'était possible ?

À 11 heures, Nicotra et son avocat étaient au commissariat et donc, théoriquement, pirsonne encore n'aurait pu rien savoir. Et donc, il était clair que la nouvelle avait été transmise à Televigàta par les auteurs de la comédie, de manière à la rendre tout de suite publique.

Pourquoi tant de hâte ?

La réponse était simple. Faire clore le dossier le plus vite possible en bloquant toute autre enquête.

Il avait à peine fini le bar qu'Enzo vint lui dire qu'on le demandait au tiléphone.

— J'ademande compression et pardonnement si je vous dérange pendant que vous mangez…

— Je t'écoute, Catarè.

— Le procureur Giacono téléphona, qui dit comme ça que si vosseigneurie voulait bien se rendre sur les lieux à lui, qui serait toujours le procureur Giacono, à trois heures et demie.

Il mata sa montre. Il arriverait juste à temps.

QUINZE

— Pennisi, je ne pouvais que l'expédier en prison, fut la première chose que Jacono dit en faisant asseoir le commissaire. Mais je ne me suis pas encore résolu à demander sa mise en accusation.

— Pourquoi ?

— C'est justement ça, la raison pour laquelle je vous ai convoqué. Pour discuter bien calmement avec vous de cette affaire qui me laisse, je l'avoue, plutôt perplexe.

— Je suis à votre disposition, dit le commissaire. Mais d'abord, est-ce que je pourrais lire le procès-verbal ?

— Le voilà, rétorqua Jacono en le lui tendant.

Montalbano le parcourut.

Ça correspondait mot pour mot à ce qui avait été dit au commissariat.

Il le redonna à Jacono.

— Qu'est-ce qui vous laisse perplexe ?

— Bah… avant tout, une impression générale de, disons, quelque chose de forcé… Je vais essayer de mieux m'expliquer. Vous aviez des soupçons sur Pennisi ? Vous aviez commencé à enquêter sur lui ?

— Pas le moins du monde.

— Donc, il ne se sentait pas traqué. Et alors, vu qu'il n'a un instant manifesté de repentir pour ce qu'il a fait, pourquoi a-t-il ressenti le besoin de se dénoncer ? Si ce n'était pas lui qui le faisait, son nom n'aurait jamais été avancé.

— Autre chose ?

— Oui, par exemple l'arme du crime qui, toujours selon Pennisi, était un pistolet Beretta. Comme, par le rapport de la Scientifique, je savais que Nicotra conservait dans sa table de nuit un gros revolver en parfait état de marche, j'ai demandé à Pennisi s'il était sûr qu'il s'agissait d'un Beretta. Et lui, il s'est déclaré plus que certain. Alors, je me demande : d'où sort cette arme ?

— Je peux facilement vous répondre. Elle était conservée dans un coffre-fort aux bureaux de Rosaspina, selon ce qu'est venu me raconter spontanément Me Nino Barbera, membre du conseil d'administration de la société. Et Nicotra l'a dérobée.

— Mais ce n'est pas du tout logique, se rebella Jacono, aller voler un pistolet pour tuer l'amant de sa femme quand on a un revolver à portée de main !

— En effet. Et ce n'est pas la seule incohérence, notez bien. Il y en a deux autres macroscopiques, signe que le récit de Pennisi fait douter qu'il soit jamais entré dans cette villa.

— Dites-les-moi.

— La première. Pennisi a déclaré qu'à l'instant où il est entré, Inge lui a fait retirer ses chaussures trempées de pluie et souillées de boue et qu'il est allé les poser par terre sous le radiateur pour les faire sécher. La Scientifique, qui a contrôlé soigneusement le sol de la pièce, a bien trouvé les traces de chaussures boueuses de deux personnes, mais aucune trace de boue sous le radiateur. Et pourtant, si les chaussures ont bien été posées par terre, trempées et salies, ça aurait dû laisser une trace.

— Très juste, poursuivez.

— La seconde est une faille énorme, presque ridicule, comme celle du Beretta. Pennisi est venu nous dire que, entendant Nicotra rentrer à l'improviste, il attrape ses vêtements et court se cacher dans la chambre de l'oncle qui dort comme une masse et précisément derrière la porte aux trois quarts ouverte. Aux trois quarts, notez bien. Il dit qu'il lui est difficile de se rhabiller dans si peu d'espace. Mais tout cela est absolument impossible.

— Et pourquoi ?

— Parce que la porte de la chambre de l'oncle, comme du reste toutes les portes de l'étage, s'ouvre vers l'extérieur et non l'intérieur des pièces. Donc Pennisi aurait été inévitablement vu par Nicotra depuis l'escalier. Pour se cacher, il aurait dû non pas entrer dans la chambre, mais rester carrément dans le couloir, derrière la porte ouverte aux trois quarts.

Jacono garda un moment le silence, les yeux dans le vague. Puis il demanda :

— Qu'est-ce que vous en pensez, personnellement ?

— Vous avez lu le rapport de la Scientifique sur la découverte du coffre-fort souterrain ?

— Oui.

— Je pense que le noyau de l'histoire, c'est justement ce coffre-fort contenant des millions d'euros.

— Moi aussi, je commence à le croire.

— Et donc, ils essaient de nous égarer, de nous entraîner loin d'un truc qui n'est pas gros, mais énorme. Mais heureusement, ils ne savent pas, et pour l'instant, ils ne doivent absolument pas savoir que nous avons découvert le coffre-fort. Et ils ignorent, parce qu'ils ne l'ont jamais su, qu'aussi bien Nicotra que le soi-disant oncle étaient armés. Ça, ce sont les deux grosses cartes à jouer au bon moment.

Le visage d'ordinaire sérieux de Jacono adevint encore plus sérieux.

— Soyons directs, ça vaudra mieux. Vous êtes en train de me suggérer indirectement qu'il serait plus utile à l'enquête que je fasse semblant de croire à l'auto-accusation de Pennisi.

Montalbano n'eut pas un instant d'hésitation.

— Si vous préférez, je vous le suggère directement.

Jacono encaissa puis, après quelques secondes, demanda :

— Qu'espérez-vous obtenir ?

— Il est clair que l'irruption dans la villa et la mort consécutive de Nicotra ont créé de graves problèmes à un certain groupe. Ce groupe est en train d'essayer de présenter ce qui s'est passé comme une trahison conjugale à l'issue tragique. Le gentil tableau qu'ils veulent nous montrer est celui-là, et si vous permettez, je vous le décris : surpris par le mari, Pennisi le désarme et le tue accidentellement. La femme de Nicotra, craignant d'être inculpée, prend la voiture et s'enfuit, elle aussi, en emmenant l'oncle avec elle. Elle réapparaît en Allemagne, par l'intermédiaire d'un avocat, sous un prétexte banal.

— Cette partie-là, je ne la connais pas.

Montalbano la lui raconta et poursuivit.

— Si nous manifestons que nous croyons à cette histoire et qu'ils se convainquent de ça, ils se sentiront plus tranquilles et feront quelque chose qu'ils ne peuvent pas faire tant que l'enquête est en cours.

— Vous dites « ils ». Mais vous avez une idée de qui sont ces « ils » ?

— J'aurais bien un début d'idée. Et l'un d'eux au moins est sorti à découvert.

— Vous parlez de Me Barbera ?

— Exactement. Qui est dans le conseil d'administration de Rosaspina. Société dont Nicotra était le comptable unique. Et dans laquelle travaille comme maçon notre Pennisi. Et n'oubliez pas non plus que Nicotra va mourir à l'intérieur d'un chantier de Rosaspina. Encore quelques mètres, et il aurait rejoint la provinciale où il aurait pu demander de l'aide à quelque automobiliste de passage. Mais il a préféré dévier et faire en sorte qu'on retrouve son corps sur le chantier. D'après moi, il a voulu nous fournir une indication.

— Faites-moi comprendre ça. Vous seriez de l'avis qu'au centre de tout cela, il y a Rosaspina ?

— Non, *dottore*. Rosaspina serait seulement une partie du tout.

Jacono n'insista pas. Il marqua une autre pause de réflexion puis décida :

— La seule voie à emprunter pour faire croire à tout le monde que nous avons mordu à l'hameçon, c'est de demander la mise en accusation. Ce que je ferai aujourd'hui.

— Merci, *dottore*.

En sortant, il lui vint 'ne idée et tiléphona à Zito, à Retelibera.

— Tu me la ferais, une interview vite fait ?

— Tu veux parler de l'affaire Nicotra ?

— Oui.

— Je t'attends bras ouverts.

Un quart d'heure plus tard, il était devant 'ne caméra pour passer en direct sur le journal de l'après-midi, après s'être mis d'accord sur les questions avec Zito.

— Commissaire Montalbano, vous confirmez le bruit selon lequel un maçon, Pino Pennisi, se serait constitué prisonnier en déclarant avoir tué le comptable Gerlando Nicotra ?

— Je confirme. Il a passé des aveux complets et détaillés devant le procureur Jacono, lequel demandera dans la journée sa mise en accusation.

— Vous pouvez nous donner son mobile ?

— Pennisi était depuis quelque temps l'amant de la femme de Nicotra, Inge Schneider. Nicotra les a surpris et a menacé de tuer Pennisi, lequel a réussi à le désarmer et à réagir en tirant sur lui.

— Où se trouve actuellement Mme Inge ?

— En Allemagne. Elle s'est enfuie après le crime, craignant d'être inculpée, avec un oncle à elle qu'elle hébergeait depuis quelques mois.

— Mais comment expliquer que la voiture avec laquelle Mme Inge s'est enfuie de chez elle ait été retrouvée brûlée ?

— Naturellement, là-dessus, Pennisi n'a rien pu nous dire. Mon opinion est que cette dame, une fois prise la décision de rentrer en Allemagne, a mis elle-même le feu à sa voiture dans une tentative naïve pour nous égarer.

— *Donc, nous pouvons considérer que l'affaire est close ?*

— *J'en suis convaincu.*

Il rentra à Vigàta content de lui, convaincu d'avoir bien exécuté son petit numéro.

— Fazio est là ?

— Il ne s'atrouve pas sur les lieux, *dottori.*

— Tu sais où il est allé ?

— Oh que non, *dottori.*

— Appelle-le sur le portable et passe-le-moi au bureau.

Il s'assit et le tiléphone sonna.

— T'es où ?

— À Montelusa, *dottore.* Je suis en train de faire ces recherches que vosseigneurie m'ademanda.

— En même temps, fais-en une autre.

— Je vous écoute.

— Je veux savoir comment les ouvriers sont payés sur les six chantiers.

— Je comprends pas bien.

— Comment leur arrive la paie ? Virement bancaire ? Chèque ? Espèces ? Sur l'un d'eux, je sais déjà, mais toi, renseigne-toi quand même sur les six. On se voit demain matin.

Dès qu'il eut raccroché, la ligne directe sonna. C'était Gambardella.

— Je peux passer vers neuf heures ?

— Je vous attends.

Catarella entra.

— Je demande compression et pardonnement, mais étant distraitable, je me fis une oubliance.

— Qu'est-ce que tu as oublié ?

— Qu'il y a étant sur les lieux le comptable Nicotina, le père du *catafero* tué, qui veut parler avec vosseigneurie en pirsonne pirsonnellement.

— D'accord.

Le comptable 'Gnazio Nicotra, depuis le jour où il était venu au commissariat, avait beaucoup changé. La douleur de la mort de son fils l'avait plié en deux et il marchait en chancelant comme un homme ivre.

Montalbano en éprouva une très grande peine. Il se leva, alla à sa rencontre, approcha une chaise.

— En quoi que ce soit que je puisse vous être utile…

— Je n'ai rien de particulier à vous demander. Je suis venu pour… Excusez-moi mais je veux seulement parler avec quelqu'un, je n'ai personne auprès de qui m'épancher.

— Et moi, je vous écoute.

— Je n'arrive pas à admettre que ce soit justement Pennisi qui l'ait d'abord trahi puis tué.

Justement Pennisi ? Qu'est-ce que voulaient dire ces paroles ? Mais il préféra ne pas poser de question.

— Pennisi, poursuivit le vieux, avait été fiancé à Inge. Il l'avait amenée ici, mais Inge l'avait quitté parce que c'était un débauché, il était toujours dans la misère parce que c'était un joueur invétéré et un amateur de putains. Et alors, Inge, après s'être mariée avec mon fils, un jour que Pennisi lui avait téléphoné en la suppliant de l'aider, en a parlé à Giugiù et mon fils n'a pas traîné, il l'a embauché sur le chantier de la société où il était comptable.

— À la Rosaspina ?

— Non, avant. À l'époque, Giugiù était à Sicudiana, à la Belgiorno de Rosales, et ensuite, quand Rosales a constitué la *Privamavera*, Giugiù a voulu que Pennisi travaille avec lui et il a fait pareil quand Primavera a fait faillite et a été rachetée par Rosaspina. Rosales avait une confiance énorme en Giugiù, il le considérait presque comme un fils.

— Pourquoi ça ?

— Rosales avait un fils unique, Stefano, qui depuis l'école élémentaire était un ami de Giugiù. Il n'y avait pas un jour qui passait sans que mon fils aille chez les Rosales. Puis, quand il avait dix ans, Stefano a été renversé par une voiture et il est mort. Et Rosales, de ce moment, a eu une attention particulière pour Giugiù. Maintenant, le pauvre Rosales, on sait où il en est.

— Je ne sais rien de ce Rosales, c'est la première fois que j'entends son nom. Qu'est-ce qu'il a ?

— Emilio Rosales a été un très grand entrepreneur dont l'activité s'est toujours déroulée entre Sicudiana et Trapani. La seule fois où il a remporté un marché dans notre coin, ça a été avec Primavera, ça a mal tourné pour lui. Il a dû fermer et interrompre les travaux. Il a été poursuivi et condamné, mais actuellement, il est malade, aux arrêts domiciliaires à Sicudiana, et il s'est retiré des affaires.

Mais le vieux Nicotra, ce qui l'intéressait, c'était de parler de l'ingratitude humaine, qui remerciait du bien qu'on leur faisait avec la trahison et la mort.

Et ce fut ainsi que Montalbano s'en retourna à Marinella une heure plus tard que d'habitude.

Le commissaire arriva chez lui qu'il était presque huit heures et demie. Il gagna la cuisine pour voir ce que lui avait priparé Adelina mais il s'arrêta. Il n'aurait pas le temps de manger comme il aimait le faire, il devrait s'enfourner dans la bouche une fourchetée après l'autre sans rien déguster. Donc il préféra s'abstenir d'ouvrir le frigo et le four.

La seule chose qu'il pouvait faire avant la venue de Gambardella était tiléphoner à Livia.

Il l'appela.

— Comment ça va ?

— Beaucoup mieux. Selene m'occupe, elle m'empêche d'avoir de mauvaises pensées, elle… Écoute, ça fait longtemps que tu ne me dis plus rien de toi, de ton travail…

Enfin elle recommençait à s'intéresser à lui ! Il sentit son cœur déborder de joie. Il la contenta aussitôt.

— Je vais te raconter une histoire vraiment singulière. Ce matin, un type est venu au commissariat pour s'accuser d'un crime qu'il n'a certainement pas commis.

— Pourquoi l'a-t-il fait ? Peut-être pour couvrir une personne chère, quelqu'un de sa famille ?

— Sa famille n'est pas concernée, il veut nous mettre sur une fausse piste pour protéger une bande de fripouilles.

— Mais pourquoi il fait ça ?

— Tu vois, c'est un maçon qui aime le jeu. On lui a probablement promis de payer ses dettes et de lui donner une grosse somme pour sa femme et ses enfants.

— Mais il va se faire des années et des années de prison !

— Tu en es certaine ? Pour commencer, ils ont brandi la légitime défense. Et puis, tu ne le sais pas, comment ça se passe chez nous ? Au pire, d'ici cinq ans maximum, il sera dehors. Et il n'aura plus besoin de chercher du travail. C'est un bon investissement, tu ne crois pas ?

Livia n'arépondit pas. Montalbano continua.

— Mais, malheureusement pour lui, ça ne va pas se passer comme ça. En taule, il va y aller de toute manière pour avoir fait obstacle à la justice. Et il ne gagnera pas un rond.

— Pauvre type, dit Livia.

Le commissaire s'énerva.

— Comment ça, pauvre type ! Celui-là, c'est un…

On sonna à la porte.

— Excuse-moi, Livia, j'attendais quelqu'un qui est arrivé. Bonne nuit.

Il alla ouvrir. Gambardella entra. Comme la pluie avait recommencé à tomber, Montalbano le fit asseoir à la place habituelle.

— J'ai entendu que le procureur a demandé la mise en accusation de Pennisi. Alors, il s'agissait d'une histoire de cocu ?

Montalbano hésita un instant. Pouvait-il lui dire la vérité ?

Il adécida que oui.

— Pas du tout. C'est une tentative bien combinée pour nous égarer, mais ça nous arrange, pour le moment, de la prendre au sérieux. Mais parlez-moi de vous.

— J'ai pris un contact direct avec Asciolla.

— Vous vous êtes rencontrés ?

— Oui.

— Où ?

— Dans un lieu plus que sûr. Une carrière de pierre abandonnée près de Montelusa.

— Vous êtes certain que personne ne vous a vus ?

— Tout à fait certain.

— Pardonnez-moi, mais vous prenez les choses un peu trop à la légère. Et vous n'avez pas respecté l'accord. Je vous avais recommandé de me faire savoir à l'avance…

— Je sais. Mais croyez-moi, il ne s'agissait pas de négligence. Je n'ai pas eu le temps.

— Vous jouez avec le feu, vous vous en rendez compte ?

— Mais, commissaire…

— Albachiara, après ce deuxième écroulement, est de nouveau exposée à toutes les critiques. Cette entreprise est en train de traverser un moment difficile. Et elle se défendra par tous les moyens, y compris le meurtre. C'est clair ? On nous en a déjà donné un avant-goût avec Piscopo.

— Je vous donne ma parole que ça n'arrivera plus. La prochaine fois, je vous avertirai à temps.

— Alors, je vous écoute.

— Asciolla m'a raconté les motifs de son licenciement. La dispute qu'il a eue, en qualité de chef de chantier, avec le directeur des travaux, l'ingénieur Riggio, portait en gros sur deux points. Le premier était la qualité du matériel employé, très inférieure à celle fixée par le contrat. Le deuxième était que la réalisation différait notablement du projet approuvé.

— De quelle manière ?

— Asciolla m'a donné différents exemples. Mais je n'y ai pas compris grand-chose. Il m'a dit que les poutres porteuses en ciment n'étaient pas fixées aux murs mais seulement posées, avec un grand risque d'instabilité. Asciolla prévoyait qu'il ne faudrait pas attendre longtemps pour que les défauts de construction apparaissent et il craignait qu'on lui en attribue toute la responsabilité. Alors, comme il n'avait rien obtenu lors d'un premier entretien, il en a demandé un second. L'ingénieur le lui a accordé dans son bureau, sans témoin. Et là, survint la dispute qui a provoqué son licenciement.

Montalbano grimaça.

— Qu'y a-t-il ?

— Il y a que Asciolla n'a rien en main qui prouve ce qu'il dit.

Gambardella sourit.

— Asciolla est un malin.

— C'est-à-dire ?

— Durant la deuxième rencontre, il avait en poche un magnétophone. Et il a tout enregistré.

Montalbano fit un bond sur son fauteuil.

— C'est vrai ?

— C'est vrai.

— Il l'avait avec lui ?

— Non. Mais il est disposé à me le faire entendre à notre prochaine entrevue.

— Je veux y être aussi.

— Je ne crois pas qu'Asciolla acceptera.

— Essayez.

— Je tenterai de le convaincre.

— Et quand vous aurez l'enregistrement, comment comptez-vous procéder ?

— Je l'apporterai chez un notaire et j'en ferai faire un enregistrement certifié.

— Et puis ?

— Et puis je le publierai.

— Pourquoi ne le remettriez-vous pas à un procureur ?

— Parce qu'il me faucherait le scoop.

— Donnez-moi votre parole d'honneur qu'avant de le publier, vous en parlerez avec moi.

— D'accord. Vous avez ma parole d'honneur.

— Et maintenant, je voudrais une information.

— Je vous écoute.

— Avez-vous jamais entendu parler d'un certain Emilio Rosales ?

— Bien sûr. Rosales, à mon avis, est parmi les plus intelligents, les plus imaginatifs, je dirais, les plus géniaux truands sans scrupule qui ont sévi sur notre île.

SEIZE

Montalbano le fixa, étonné.

— Vous parlez sérieusement ? Je n'arrive pas à comprendre comment il se fait que moi, je n'aie jamais entendu parler de lui.

— Parce qu'il a toujours réussi à rester dans les coulisses. Parce qu'il s'en est toujours tiré d'un cheveu. Il est, ou plutôt, il était, d'une habileté diabolique. Il a des amitiés politiques très puissantes. Il fréquente le beau monde, il a été président d'équipes de foot, de cercles sportifs sélects… Notez bien qu'il n'est sorti de l'ombre qu'à l'occasion du procès de la société Primavera, dont il était président… Et ce sont les carabiniers qui s'occupent de cette histoire. Or le procès s'est déroulé à Trapani. Donc…

— On m'a dit qu'il est très malade et encore aux arrêts domiciliaires à Sicudiana.

— On vous a mal informé. Il n'est plus soumis à aucune restriction.

— Donc il peut se déplacer librement ?

— Non, il a abandonné les affaires et il est contraint par la maladie de ne plus sortir de chez lui. On dit que depuis des mois, il ne veut plus voir personne et ne reçoit pas de visites.

Allez savoir pourquoi, ce personnage éveillait la curiosité du commissaire.

— Parlez-moi de lui.

— Je pourrais en parler pendant des heures.

— Faites-moi un résumé, dites-moi seulement ce qui est, à votre avis, essentiel.

— Rosales était fils d'un pêcheur trapanais qui a réussi, au prix de grands sacrifices, à lui faire passer son diplôme de droit. Fort beau garçon, il met enceinte une camarade d'université, qui était aussi de Trapani, et unique héritière de la riche famille Bordinaro. Mariage pour sauver l'honneur, qui rapporte à Rosales une dot substantielle. Que ce soit pour son train de vie luxueux, ou à la suite d'une spéculation malheureuse, il se retrouve sans presque plus rien. Alors, il fonde une société financière, la Bella Stagione, qui promet des affaires d'or et escroque quelques centaines de gogos. Jugé, il est acquitté. C'est son associé qui est condamné, après que Rosales a fait retomber sur lui, avec une grande habileté, toute la responsabilité. Il constitue une société populaire, la XXI Marzo, pour l'exploitation d'un fantomatique gisement aurifère en Afrique du Sud qui s'avère une escroquerie colossale. Et ça se termine de manière incroyable : entré au tribunal comme inculpé, il en ressort partie civile.

— Génial.

— Qu'est-ce que je vous disais ? Puis, d'après ce qu'on raconte, il devint le visage, disons-le vite, propre du boss local, Aguglia, et se consacre au secteur immobilier. Les meilleurs appels d'offres, ce sont ses sociétés qui les remportent, et alors même qu'il est plusieurs fois accusé de corruption active, de trucage d'appels d'offres et de choses de ce genre, il s'en sort toujours. Mais il y a quelques années, il commet une erreur.

— Laquelle ?

— Pour étendre son champ d'action, il se pousse hardiment dans notre coin en envahissant un territoire qui, traditionnellement, appartient aux Cuffaro et aux Sinagra.

— En emportant le marché pour la canalisation ?

— Vous avez parfaitement compris. Et la faillite de Primavera, avec l'arrestation de Rosales et des autres, n'a été que le résultat de la guerre que lui ont menée les Sinagra et les Cuffaro.

Après avoir mangé dans la cuisine, il ressentit le besoin d'air frais.

Il passa sur la véranda. La pluie tombait, mais très légèrement. Le banc était trempé. Alors il sortit une chaise et s'installa avec whisky et cigarettes. Il n'alluma pas les lumières, celle qui venait de la salle à manger lui suffisait.

Le ressac ne dérangeait pas ses pinsées, au contraire, il les suscitait et les berçait.

Il pinsa à la société en faillite de Rosales qui s'appelait Primavera, printemps.

Ce qui lui évoqua le *Printemps* de Botticelli.

Et ensuite, une très vieille chanson : *É primavera, svegliati bambine*… « C'est le printemps, réveille-toi, fillette… »

Printemps, les roses.

Rosebud.

Et c'est quoi, c'te Rosebud ?

Ah, voilà, ce très beau film d'Orson Welles, comment s'intitulait-il ?... Bah, celui où le milliardaire, en mourant, murmure « Rosebud » et pirsonne comprendra jamais qu'il veut le traîneau avec lequel il jouait minot et qui s'appelait comme ça.

Quel étrange attachement il arrive parfois qu'on ait pour certains noms... On les garde toujours avec soi...

Prenez par exemple Rosales : Bella Stagione, « belle saison » ; XXI Marzo, « 21 mars » ; Primavera, « printemps »...

Un moment, Montalbano, un moment.

Mais aussi Rosaspina, Albachiara, Soledoro, ce n'étaient pas des noms qui auraient plu à Rosales ?

Bien sûr que c'en était.

Quelle pinsée crétine.

Mais si Rosales avait tenté de défier les Cuffaro et les Sinagra avec le chantier Primavera et qu'il avait tout perdu, il n'était pas pensable que ces trois chantiers fussent à lui.

Mais c'tes trois noms...

Rosaspina... Albachiara... Soledoro...

Non, inutile de se creuser la coucourde.

Pour le moment, la seule chose à faire était d'attendre les résultats des recherches de Fazio.

Il alla se coucher, mais dormit mal.

À sept heures, il était en train de boire une grande tasse de café quand le tiléphone sonna.

— Je parle avec le *dottor* Montalbano ? demanda une voix qu'au premier abord il n'areconnut pas.

— Oui. Qui...

— J'ai eu votre numéro au commissariat. Excusez-moi de vous déranger chez vous. C'est Jacono.

Le proc' ? Qu'est-ce qu'il voulait à cette heure ?

— Je vous écoute.

— On vient de m'annoncer que ce matin une rixe a éclaté dans les douches de la prison… Pennisi y a été mêlé et… en somme, ils l'ont tué de trois coups de couteau.

Le choc fut si soudain et violent que le commissaire en eut le souffle coupé.

— Je vais là-bas pour voir ce qui s'est passé, mais j'ai voulu vous avertir tout de suite. Je vous tiendrai informé.

— Mer… merci, balbutia Montalbano.

Et pourtant, il aurait dû s'y attendre.

Très certainement, la bagarre dans la douche n'avait pas été le fruit du hasard, elle avait été ordonnée de dehors dans le seul but de tuer Pennisi.

Avec sa mort, il serait impossible de contester les calembredaines qu'il avait dites.

Et la fiction théâtrale, sous le sceau définitif de la mort, prendrait l'aspect de la vérité.

Ils avaient marqué un énorme point en leur faveur. Maintenant, il serait difficile de surmonter leur avantage.

Il n'était pas découragé, au contraire.

Il sentait monter en lui une fureur qu'il n'avait pas jusque-là, une rage sourde, dure, lourde, qu'il devrait maîtriser pour ne pas faire de bêtises, mais qui en lui rugissait comme un moteur poussé au maximum et retenu à grand-peine par le frein.

Il était en train de boire les deux dernières gorgées de café restées dans la tasse quand on sonna à la porte.

Et qui ça pouvait être ?

Curieux, il alla ouvrir et s'atrouva devant Gambardella.

Un Gambardella qui, à l'évidence, s'était habillé à toute vitesse, la chemise à demi sortie du pantalon, sans cravate, décoiffé et l'œil apeuré.

Il entra sans dire bonjour ni ademander là permission, et alla s'effondrer dans un fauteuil.

— Qu'est-ce qui se passe ?

— Il y a une demi-heure, j'ai reçu un appel d'Asciolla. Il avait une voix terrorisée. Il a quitté Vigàta avec sa famille et n'a pas voulu me dire d'où il téléphonait.

— Essayez de vous calmer et de me raconter dans l'ordre.

— Donnez-moi un peu d'eau.

Montalbano la lui apporta.

— Il m'a dit en gros qu'il laissait tout tomber et qu'il a détruit l'enregistrement.

— Mais pourquoi ?

— Donc, d'après ce que j'ai compris, hier soir, juste après avoir dîné, la fille d'Asciolla, Anita, est sortie pour aller faire ses devoirs chez une amie. L'habitation de sa camarade de classe est à dix minutes à pied. Sauf qu'au bout d'une demi-heure, cette amie a téléphoné en demandant pourquoi Anita n'était pas encore arrivée. Asciolla n'avait pas reposé le combiné qu'il y a eu un autre appel. Une voix masculine a dit qu'Anita était avec eux, qu'ils allaient s'amuser un peu avec elle et puis qu'ils la renverraient à la maison. S'il avertissait la police, ils la tuaient. Et il a conclu en disant qu'il valait mieux pour tout le monde qu'Asciolla change d'air dès que sa fille serait rentrée. Deux heures plus tard, Anita est revenue, bouleversée. Heureusement, ils ne lui avaient rien fait. Deux hommes l'avaient enlevée et gardée ligotée, les yeux bandés, dans une camionnette. Asciolla a suivi le conseil, il a fait ses bagages et s'est enfui.

— Évidemment, ils vous ont vu quand vous vous êtes rencontrés dans la carrière de pierre et ils ont réagi tout de suite. Je vous avais averti.

Gambardella écarta les bras, résigné.

Le commissaire retourna le couteau dans la plaie.

— Et à l'instant, on m'a téléphoné que Pennisi a été tué en prison.

Gambardella écarquilla les yeux.

— D'une manière ou d'une autre, ils ont fait table rase, ils ont cloué le bec à tout le monde, dit-il.

Maintenant, le sang de Montalbano bouillait de colère au point qu'il le sentait battre à ses tempes.

— Excusez-moi.

Il gagna la salle de bains, mit la tête sous l'eau froide. Puis il s'essuya et revint à Gambardella.

— Inutile de perdre du temps ici, dit-il très sèchement. Je dois aller au bureau.

Gambardella se leva et le suivit. Dehors, chacun prit sa voiture. Gambardella partit sur les chapeaux de roues, mais le moteur du véhicule du commissaire cala aussitôt après avoir démarré. Il redémarra, s'éteignit de nouveau. Plus une goutte d'essence. Heureusement que le commissaire avait un bidon de réserve dans le coffre.

Il ouvrit la portière et, à ce moment précis, les nuages se rouvrirent, larguant une avalanche d'eau. En un tournevire, il fut trempé.

Quand il eut fini de mettre l'essence, il comprit qu'il lui fallait se changer. Il avait juré comme un fou pendant toute la durée de l'opération. Il rentra chez lui, courut à la cuisine, attrapa une assiette et la lança contre le mur où elle se fracassa. Puis une autre, et encore une autre.

Enfin, il se sentit un peu plus calme.

Il se changea et repartit.

Fazio était déjà au courant du meurtre de Pennisi.

— *Dottore*, ils nous ont baisés.

« Et tu ne sais pas qu'Asciolla s'est enfui », pinsa Montalbano.

Mais il répliqua :

— Je ne crois pas. Tout tient à ce que tu vas me raconter.

— Par où j'acommence ?

— Dis-moi si parmi les dirigeants des six sociétés, il y a des pirsonnes qui ont à faire, d'une manière ou d'une autre, avec les Cuffaro ou avec les Sinagra.

— Là, la réponse est facile. Mais je dois regarder la feuille.

— Eh beh, regarde-la.

Fazio la sortit de sa poche et la consulta.

— C'est une histoire bizarre et compliquée. Prenons par exemple Rosaspina. Dans le conseil d'administration, il y a le Dr Filipepi, qui est le médecin des Cuffaro.

— Ça, on le savait.

— Oh que oui. Mais j'ai découvert que Me Barbera a défendu les Sinagra dans deux procès.

— Mais qu'est-ce que tu me dis là ? Les Sinagra et les Cuffaro ensemble dans la même société ?

— Exactement. Et ça s'arépète pour Albachiara et Soledoro.

— Dans les conseils d'administration, il y a toujours quelqu'un lié aux Cuffaro et quelqu'un d'autre aux Sinagra ?

— Précisément.

— Et dans les autres trois sociétés, qu'est-ce qui se passe ?

— Dans les conseils de Lo Schiavo, de Spampinato et de Farullo, il n'y a aucun représentant des Cuffaro ou des Sinagra. Mais un nom m'a frappé. Celui du comptable Fasolo chez Spampinato.

— Pourquoi ?

— Je l'avais entendu mentionner mais je m'arappelais pas où. Et puis ça m'est revenu.

— Dis-moi.

— Le comptable Fasolo faisait partie du conseil d'administration de Primavera, la société en faillite et, au procès, il a été acquitté parce que le président de la société, Rosales, l'a mis hors de cause. Et maintenant, je voudrais ouvrir 'ne parenthèse et vous parler de c'te Rosales.

Quel bon flic c'était, ce Fazio !

— Tu m'en parleras après. Je t'avais demandé aussi autre chose.

— Vous m'avez demandé si Nicotra, quand il besognait chez Primavera, avait des adjoints et où ils sont passés. C'est ça ?

— Oui.

— Vosseigneurie voit dans le marc de café. Nicotra avait deux adjoints comptables, Foderaro et Giuffrida. Tous les deux besognent, Foderaro chez Lo Schiavo, et Giuffrida chez Farullo. Et ils ont été nommés comptables uniques.

— Et tu sais d'où viennent les comptables d'Albachiara et de Soledoro ?

Fazio le fixa, stupéfait.

Quel bon flic, c'était, son chef !

— Oh que oui. Ils viennent…

— Ne me le dis pas. J'essaie de deviner. Ils viennent de chez Primavera.

— Vous vous êtes trompé de peu. Ils viennent de la XXI Marzo qui a appartenu à…

— Rosales.

Fazio se rebella.

— Mais alors, vosseigneurie, vous vous foutez de moi !

— Et pourquoi ?

— Vous savez déjà pour Rosales !

— Je t'assure que je ne savais rin de lui jusqu'à hier soir.

Il fit une pause.

Il se leva, gagna la fenêtre, l'ouvrit. S'alluma une cigarette, tira trois bouffées, la jeta, ferma la fenêtre, revint s'asseoir.

— Tu te rends compte de ce que nous avons découvert ?

— J'acommence à m'en faire une idée, mais il vaut mieux que vosseigneurie me le dise.

— Tu m'as confirmé ce que je soupçonnais.

— À savoir ?

— Que ces six sociétés représentent un accord entre la Mafia vigataise et la trapanaise. Et que le contrôle réciproque s'effectue par la présence dans chaque conseil d'administration de représentants des deux groupes. Un contrôle croisé.

— Ça ne tient pas.

— Pourquoi ?

— Parce que, juste pour donner un exemple, dans le conseil de Rosaspina, il n'y a aucun représentant de Rosales.

— Mais il y avait Nicotra comme comptable principal. Et fais bien attention à 'ne chose que tu as dite.

— Laquelle ?

— Que tous ceux qui manient l'argent dans les six sociétés sont des gens de Rosales.

— Qu'est-ce que ça veut dire ?

— Ça veut dire que si les autres sont comptables principaux, lui, Rosales, c'est le comptable hyperprincipal.

— Alors, si c'est comme vous le pensez, le capital des six entreprises est tout à lui ?

— Tu veux galéjer ? D'après toi, les Cuffaro et les Sinagra se mettraient aux ordres de Rosales ?

— Jamais. Mais moi, je m'ademande : comment se fait-il que quand Rosales emporta le marché avec Primavera, ils lui ont fait la guerre, l'ont gagnée, et que maintenant, ils sont cul et chemise avec lui ?

— À l'évidence, Rosales, pendant qu'il était en prison, ou juste après sa sortie, a eu une de ses idées géniales et en a parlé avec ses ennemis. Et il les a convaincus de passer un accord. Qui a fonctionné jusqu'au raid dans la villa de Nicotra. Le raid, la mort de Nicotra, l'enlèvement d'Inge et du soi-disant oncle ont rompu un équilibre. Et Rosales a donné l'ordre de tout bloquer à ses petits copains politiciens, dans l'attente que la situation se rétablisse.

— Mais nous ne savons pas qui a donné l'ordre de faire le raid et pourquoi. Brouillard complet.

— Et l'accord que nous avons découvert ne nous sert à rien vu qu'il n'est prouvé par rin.

— Eh oui.

Le tiléphone sonna.

— *Dottori*, il y aurait qu'il y a sur la ligne le proc' Giacono qui veut parler avec…

— Passe-le-moi, dit Montalbano en mettant le haut-parleur.

— Jacono à l'appareil. Je voulais vous informer qu'un des prisonniers qui a participé à la rixe de ce matin a balancé. Elle a été provoquée par un certain Renato Pusateri qui a assassiné Pennisi.

— Vous savez pourquoi Pusateri est incarcéré ?

— Chantage et tentative d'homicide.

Il remercia le proc', raccrocha.

— Pourquoi t'as fait une grimace quand tu as entendu le nom de Pusateri.

— Passque je sais qui c'est.

— Et qui est-ce ?

— Un homme de main des Sinagra.

— Et donc, tout coïncide. CQFD. Les Cuffaro trouvent le bouc émissaire et les Sinagra le tuent.

— Et maintenant, comment on va bouger ?

— D'après moi, aujourd'hui même, il doit se passer 'ne chose. Qui serait la confirmation fondamentale de ce que je pense.

— Oh, Sainte Mère ! Un autre meurtre ?

— Non. Au contraire. Ce sera 'ne bonne nouvelle. On fait un pari ?

— Oh que non. Avec vosseigneurie, je joue pas.

— Je te le dis quand même. Avant ce soir arrivera la nouvelle que la Région a levé le blocage des chantiers.

— Qu'est-ce que ça veut dire ?

— Ça veut dire qu'ils ont retrouvé l'équilibre et que, avec la mort de Pennisi, ils n'ont plus rin à craindre.

— Mais il y a toujours Inge qui…

— Inge et l'oncle, ils les ont tués depuis longtemps, j'en suis sûr. Trop dangereux de les laisser vivants. Ils ont vu et entendu trop de choses. Et en tout cas, avec Inge ils se sont mis hors de danger en nous faisant croire qu'elle s'atrouvait en Allemagne.

— Bon, d'accord, mais la reprise des travaux, vous m'expliquez quel bénéfice elle apporte à l'enquête ?

— Directement, aucun bénéfice, 'ndirectement, oui. Je m'explique. Tu le sais, toi aussi, que Rosales est malade depuis des mois et qu'il ne reçoit plus pirsonne ?

— Oh que oui, je le sais.

— Mais à nous autres, il semble bien que Rosales ait continué quand même à faire ses petites affaires. Juste ?

— Juste.

— Nous savons en conclusion qu'il n'a aucun contact avec pirsonne. Tu y es ?

— J'y suis.

— Alors, comment fait-il pour communiquer avec les six sociétés ?

— Par tiléphone.

— Bravo.

— Vous voulez le mettre sur écoute ?

— Bravo, bravo !

Fazio fit son habituelle grimace négative.

— Tu n'es pas d'accord ?

— Je le suis.

— Et alors ?

— Mais aucun proc' ne vous donnera l'autorisation.

— Et qui a jamais parlé de demander l'autorisation ?

Fazio écarquilla les yeux.

— Vous voulez galéjer ?

— Non.

— *Dottore*, vous avez envie de finir en taule ?

Augello entra, mais comme Fazio et le commissaire étaient plongés dans leur conversation, il s'assit sans mot dire.

— Si vosseigneurie se met en tête de faire écouter Rosales…

— Putain de merde ! hurla Augello en sautant sur ses pieds.

DIX-SEPT

— Qu'est-ce qui te prend ? demanda Montalbano, ahuri.

Fazio fixait Augello, stupéfait.

Mais ce dernier n'arépondit pas. Il avait, imprimé sur le visage, un sourire qui le plaçait entre l'idiot congénital et le miraculé.

À ce moment, au-dehors, l'orage se déchaîna, les éclairs étaient continus. Au milieu de ce barouf, Mimì se mit à danser à travers la pièce, qu'on aurait dit un tarentulé, et il marmonnait :

— Je m'en suis débarrassé ! Je m'en suis débarrassé ! Dingue, ça me rendait !

Montalbano se leva d'un bond, l'agrippa par l'épaule, l'obligea à se rasseoir.

— De quoi tu t'es débarrassé ?

— De l'obsession de m'arappeler le nom de l'homme au tatouage. Rosales, c'est !

Fazio lança une espèce d'exclamation incompréhensible.

— Tu en es sûr ? demanda le commissaire qui criait presque, en l'agrippant avec force à deux mains par les revers de la veste, comme pour le secouer. Sûr, sûr, tu es, hein ?

— Plus que sûr ! Et ôte tes mains de là !

— Excuse-moi, dit le commissaire en le lâchant pour retourner s'asseoir derrière le bureau.

Puis il demanda :

— Tu t'arappelles où tu l'as vu ?

Augello répondit sans hésiter.

— Au Cercle de la Voile de Fiacca. C'était l'été et il venait de prendre un bain. La nana qui était avec moi a fait les présentations. Rosales était le vice-président du Cercle.

Puis, il y eut un éclair plus fort que les autres, qui mit dans la pièce sombre une lumière puissante comme celle du soleil.

Mais ni Fazio ni Augello ne le virent, car l'éclair n'avait surgi que dans la coucourde du commissaire.

— Grâce à toi, Mimì, dit-il après un moment, l'enquête peut prendre la bonne voie. Enfin, nous savons que l'homme qu'Inge faisait passer pour son oncle était en fait Rosales. Et c'te découverte en partie confirme ce que j'avais acommencé à pinser et en partie apporte 'ne lumière nouvelle. Et quand Pennisi est venu nous dire qu'il l'avait entendu parler en allemand, il nous a raconté un autre bobard. Le seul qui nous a dit la virité sur Rosales, c'est ce malheureux Pitrineddru.

— Mais pourquoi il portait toujours des gants ? demanda Augello. Là, j'arrive pas à comprendre.

— Parce que, quand il a été incarcéré pour les embrouilles que Primavera lui avait attirées, on lui a, comme il est de règle, pris ses empreintes digitales. Et donc, il faisait attention en mettant des gants.

Chez Nicotra, il ne devait pas apparaître aux yeux des étrangers. Et il devait aussi faire en sorte qu'il semble n'y avoir jamais été.

— Mais, pour ce que j'en sais, Rosales était aux arrêts domiciliaires. Ce qui signifie un contrôle quotidien. Donc, comment a-t-il fait pour déménager chez Nicotra ? ademanda Fazio.

— Il n'est plus aux arrêts depuis un certain temps. Gambardella m'a précisé que les arrêts domiciliaires ont duré jusqu'à il y a six mois. Alors, une fois hors de surveillance, et redevenu un citoyen libre, il a déménagé dans la villa de Nicotra, mais toujours en cachette et en faisant croire qu'il était resté alité, très malade, dans sa maison de Sicudiana.

— Mais pourquoi ?

— Là, on entre dans le champ des hypothèses. Et je vous donne la mienne. Il s'agit d'une conviction, pas d'une certitude. C'est clair ?

— C'est clair, répondirent les deux autres.

— Fazio, s'il te plaît, écris tout. J'en aurai besoin quand j'irai parler avec Jacono. Donc, écoutez-moi. L'origine de toute l'affaire est à chercher au moment où Rosales, avec la société Primavera, emporte le marché de la canalisation.

— Mais c'est 'ne espèce de déclaration de guerre contre les familles mafieuses d'ici, observa Fazio.

— Et de fait, on s'ademande comment il a réussi à remporter cet appel sur un territoire où les familles Cuffaro et Sinagra contrôlent jusqu'à la vente de chicorée. Il n'y a qu'une réponse possible : sûrement passqu'à la Région, il a des amitiés politiques très importantes.

— À commencer par la Direction des Travaux publics, dit Fazio, qui à ce qu'il paraît se met toujours à ses ordres.

Montalbano reprit :

— Mais les Cuffaro et les Sinagra ne peuvent tolérer c'te perte d'argent et surtout de prestige, et ils se démènent tant et si bien que Primavera est poursuivie et obligée de fermer. Il y a un procès et Rosales est condamné, pour la première fois de sa vie, même si c'est à une peine légère. Jusque-là, c'est clair ?

— Très clair, approuvèrent en chœur les deux autres.

— Mais la prison porte conseil. Et dedans sa cellule…

— Oh que non, *dottore*, à l'infirmerie, il était, en raison de sa maladie de cœur, précisa Fazio.

— Disons qu'en prison, Rosales réfléchit à ce qui lui est arrivé et, en homme intelligent qu'il est, il comprend qu'au lieu de continuer à faire la guerre aux Cuffaro et aux Sinagra, le mieux est de les avoir pour alliés. Mais comment faire ? Et que j'y pense et que j'y repense, il lui vient une idée géniale. Et dès qu'il retourne à Sicudiana aux arrêts domiciliaires, il trouve le moyen de se mettre en contact avec ses ennemis et les informe sur son projet. Qui est tellement 'ngénieux que les Cuffaro et les Sinagra non seulement s'atrouvent pour la première fois à raisonner ensemble sans se tirer dessus, mais à la fin, l'acceptent.

— Et dis-le-nous à nous aussi ! s'exclama Augello, sur des charbons ardents.

— Le coup de génie de Rosales a trois points forts. Le premier est de créer six sociétés qui, feignant de se faire concurrence mais secrètement associées, remportent les appels d'offres à Montelusa, Trapani et leurs provinces, en retirant aux autres entreprises la possibilité de participer aux marchés publics.

— Un moment, l'interrompit Augello. Ça ne me paraît pas si profitable que ça pour les Sinagra et…

— Sois un peu patient, Mimì. Je passe au deuxième point. L'absence de véritable concurrence permet aux six sociétés d'exercer une grande influence sur les règlements des différents concours. En outre, Rosales peut garantir de la part de la Région des inspections superficielles, de manière que les six entreprises puissent utiliser des matériaux plus défectueux que ceux imposés par les contrats. Voyez le cas d'Albachiara et du complexe scolaire qui tombe en morceaux quelques mois après l'inauguration. Jusque-là, ça vous convainc ?

— Passablement, rétorqua Augello. Mais il me semble qu'en tout cas, les Cuffaro et les Sinagra en viennent à perdre une partie de leur autonomie, même s'ils gagnent plus d'argent.

— Et certainement, c'te raisonnement, ils ont dû se le faire, admit le commissaire. Mais le troisième point de force de la proposition de Rosales emporte tous les doutes. C'est 'ne nouveauté absolue et en même temps, ça ne présente pas le risque de la nouveauté. Vous vous arappelez ce que c'était, Fort Knox ?

— C'était pas l'endroit blindé où se trouvait toute la réserve d'or des États-Unis ? demanda Fazio.

— Exactement, reprit Montalbano. Comme tout le monde le sait, le problème de l'argent gagné illégalement, c'est celui du recyclage. Il faut rendre propre l'argent sale. Il y en a qui le transfèrent à l'étranger, avec de gros risques, d'autres qui l'émiettent en le confiant à des usuriers, à des prêteurs qui officient devant des casinos, et ainsi de suite. Rosales propose en revanche de garder tout l'argent sur les lieux, comme dirait Catarella, ce qui évite tous les dangers du transport et de le recycler toujours sur les lieux sous forme de paie pour les ouvriers des chantiers. Et ça, c'est ce qui s'avère l'idée gagnante.

— 'Fectivement... articula Fazio, pinsif. À moi, il me semble bien que les ouvriers sont payés en espèces.

— Et à moi aussi, acquiesça Montalbano.

Et il continua.

— Rosales réclame et obtient, 'n qualité d'inventeur de toute l'affaire, le pourcentage de deux sociétés et demie, c'est-à-dire Albachiara et Soledoro en entier, et la moitié de Rosaspina. L'autre moitié passe en parties égales aux Cuffaro et aux Sinagra qui, en outre, ont trois sociétés, à savoir Spampinato, Lo Schiavo et Farullo. Tout ça vous semble clair ?

— Très clair, dit Fazio.

— Continuons. L'accord approuvé, les Cuffaro et les Sinagra font construire, par des hommes absolument fiables, le souterrain avec le coffre-fort dans le garage de la villa de Nicotra, qui est l'homme de confiance de Rosales. Et dans ce coffre-fort se retrouve tout l'argent liquide à recycler entre les trois clans. Maintenant, vous devez considérer qu'au moins un jour par semaine, c'te coffre-fort doit être ouvert pour prélever l'argent des paies des six sociétés.

— Et tu t'es fait une idée de qui pouvait être le caissier ? demanda à ce point Mimì Augello, 'ntéressé.

— Certainement, arépondit Montalbano. C'était justement ça, la tâche de Rosales et c'est pour cette raison qu'il a déménagé chez Nicotra. Et pour éviter les mauvaises surprises, il emmène en plus des gants et des médicaments pour le cœur, deux gros revolvers, un pour lui et l'autre pour le maître de maison. Tous les comptables des six sociétés sont des hommes de Rosales qui savent comment se comporter. Les affaires marchent magnifiquement jusqu'à ce qu'il se passe quelque chose qui fout par terre tout l'équilibre du système.

— Tu veux parler du raid à la villa ?

— Exact.

— Et c'est qui, d'après toi ?

— Nicotra m'a suggéré 'ne piste.

— Comment ? ademanda Augello, étonné.

— En allant mourir dans le tunnel de Rosaspina. Il me faisait dire : attention, le mobile, cherche-le là.

Et de fait, Rosaspina est la seule société dans laquelle, au conseil d'administration, il n'y a pas de représentant de Rosales, à l'exception de Nicotra lui-même qui était toutefois chef comptable. Moi, je suis plus que convaincu que ceux qui ont confisqué l'argent et enlevé Rosales ne peuvent être que les Cuffaro ou bien les Sinagra ; hors de ça, il n'y a pas d'autre option.

— Mais pourquoi ? demanda Augello.

— À mon avis, pour un désaccord quelconque sur la répartition des bénéfices de Rosaspina. Il n'y a pas d'autres explications. Mettre ensemble les Cuffaro et les Sinagra, c'est comme réunir le diable et l'eau bénite. Il aura suffi de la moindre connerie pour déclencher le bordel. Durant l'enlèvement, qui devait se passer en douce, à l'insu de tout le monde, sans effusion de sang et seulement pour se mettre en position de force, il y a une bavure, un homme est tué. Et ça, ça met en danger la totalité de l'opération. Comme première mesure, les politiciens de la Région ayant des intérêts dans l'affaire bloquent sous un prétexte quelconque tous les chantiers. Les Cuffaro ou les Sinagra sont alors contraints de libérer Rosales qui rentre chez lui à Sicudiana, de rendre l'argent et de mettre une chape de plomb sur le meurtre. Et ils nous livrent Pennisi. Comme ça, l'incident est clos, et la besogne peut reprendre.

— Et Inge ? ademanda Augello.

— Inge, comme j'ai déjà dit à Fazio, ils ont été obligés de l'éliminer. On ne peut pas laisser vivre quelqu'un qui connaît tout et qui n'aurait qu'un mot à dire pour ruiner toute l'opération.

Il se leva, alla boire un peu d'eau, revint s'asseoir.

Au-dehors, l'orage s'éloignait.

— Voilà les notes que j'ai prises, dit Fazio en les lui tendant.

Montalbano les empocha.

— Comment penses-tu agir ? ademanda Augello.

— Là, je vais téléphoner à Jacono pour voir s'il peut me recevoir cet après-midi.

Mimì tordit la bouche.

— Je ne crois pas que tu y arrives.

— Tu crois ?

— Ce que tu racontes, c'est un beau roman de Mafia. Tu n'as aucune preuve en main.

— Vrai, c'est. Mais les preuves, il faut les chercher.

— Et comment ?

— Si Rosales, comme j'en suis convaincu, est rentré à Sicudiana, comment fait-il pour rester en contact avec les autres ? Je veux l'autorisation de le mettre sur écoute, au téléphone et chez lui.

— Bonne chance, dit Augello avant de se lever et de sortir.

Fazio était pinsif.

— Dis-moi ce qui est en train de te passer par la tête.

— *Dottore*, j'étais en train de pinser qu'à Sicudiana, il y a un poste de carabiniers et que l'agent Giammarco est un de mes amis. Je veux lui tiléphoner.

— Pour savoir quoi ?

— Rosales, ils le tiennent certainement à l'œil. Pas vrai ?

— C'est sûr.

— Donc, je veux savoir s'il s'est passé quelque chose ces derniers jours qui concerne Rosales.

— Bon, d'accord, essaie pendant que j'appelle Jacono.

Le proc' lui donna rendez-vous pour trois heures. Fazio revint au bout d'un quart d'heure.

— Giammarco m'a dit qu'il y a 'ne semaine environ, il s'arappelle pas très bien, le médecin traitant de Rosales a été appelé de nuit en urgence et que, pendant trois jours, il ne s'est pas éloigné de son chevet.

— Ça colle, fit Montalbano. Il a dû se sentir mal en raison de l'enlèvement et dès qu'il est rentré chez lui, il a eu besoin d'être soigné d'urgence. Avec le cœur qu'il a…

Quand il sortit déjeuner, une légère pluie tombait. Il entra dans la trattoria, s'assit à la place habituelle, la tilivision était allumée. Enzo, sachant qu'elle dérangeait le commissaire, l'éteignit.

— Ils ont donné des nouvelles ? demanda Montalbano.

— Au journal, ils ont dit que la Région a débloqué les six chantiers et que donc la besogne peut reprendre. Ça m'a soulagé pour mon beau-fils.

CQFD.

C'était la dernière confirmation de son hypothèse.

Il lui vint un vigoureux 'pétit, il se serait bien rempli à s'éclater la panse, mais il se retint à la pinsée qu'il ne pourrait faire sa promenade digestive jusque sous le phare et qu'il devait rencontrer Jacono.

Ce serait une dure confrontation.

Ne valait-il pas mieux y aller après s'être bien fortifié ?

Non, la voie de la sagesse est toujours celle du milieu.

— Je vous amène les hors-d'œuvre ?

— Non. T'en as, des spaghettis au noir de seiche ?

— Oh que oui.

— Apporte-moi un plat bien servi.

— Et comme deuxième plat, j'ai des sérioles à la mode de 'Sposito.

— Et qui est c'te 'Sposito ?

— Le cuisinier napolitain qui m'a appris la petite sauce.

— Et comment elle est ?

— D'abord, elle paraît douce mais tout en dessous elle est aigre. Une sauce qu'on peut qualifier de trompeuse.

— D'accord.

Ce fut peut-être l'effet de la petite sauce, mais il sortit de la trattoria d'humeur batailleuse.

Comme il avait le temps, au lieu de s'adiriger directement vers Montelusa, il passa par la campagne Riguccio.

Au chantier d'Albachiara, il n'y avait encore pirsonne, la besogne reprendrait le lendemain. Devant lui, Montalbano avait une mer de boue où même le paysage se noyait.

Mais la pyramide de boue, en raison des orages, avait perdu sa cime.

Jacono l'écouta avec une attention soutenue pendant une heure et sans jamais l'interrompre.

Il n'ouvrit pas non plus la bouche quand le commissaire eut fini de parler.

Et Montalbano, qui était 'mpatient, le sollicita.

— Vous ne me dites rien ?

— Excusez-moi, je réfléchissais.

Au bout d'un petit moment, il soupira et secoua la tête.

Ce fut encore Montalbano qui parla.

— Dites-moi sincèrement si…

— Montalbano, tout ce que vous m'avez raconté tient, ce ne sont nullement des hypothèses en l'air, ça a sa logique, mais, vous comprenez…

— Qu'est-ce que je devrais comprendre ?

— Beaucoup de choses.

— Dites-m'en une.

— Ben, d'abord pour donner le premier exemple qui me passe par la tête, les accusations de complicités que vous portez contre la Direction régionale…

— J'ai compris. Les habituels ménagements à l'égard de la politique.

Jacono donna une grande claque sur la table et lança d'une voix altérée :

— Moi, je ne ménage personne ! Et réfléchissez à deux fois avant de me dire à moi une chose pareille !

Montalbano se mordit les lèvres et se contint. Ce n'était pas la bonne manière de prendre Jacono.

— Excusez-moi, murmura-t-il.

— Calmons-nous tous les deux. Je voulais dire que ce sont de graves accusations qui n'ont pas le moindre début de preuve. Cela, vous vous en rendez compte ?

— Certainement.

— Alors, dites-moi comment vous souhaiteriez procéder.

— En décapitant la pyramide.

— Je ne comprends pas.

— De manière que vous puissiez incriminer Rosales.

— D'accord. Mais comment ?

— Si je pouvais disposer d'écoutes téléphoniques et de micros sur les lieux...

— Vous voulez parler de Rosales ?

— Oui.

— Montalbano, mettez-vous à ma place. Moi, je dois rendre compte de tout ce que je fais à mes supérieurs. Comment je motive ces écoutes ? Vous ne m'avez même pas apporté un indice, vous comprenez ?

— J'aurai un témoin qui a vu Rosales dans la villa de Nicotra. Alors qu'il faisait croire qu'il était dans sa villa de Sicudiana.

— Ben, ça, ça pourrait consituer... C'est un témoin solide ?

Montalbano eut un moment d'incertitude. On pouvait se fier à Pitrineddru ? À la bestiasse ? Non, un bon avocat le mettrait en pièces.

— Malheureusement non. Il n'a pas toute sa tête.

— Alors, pour le moment, il ne vaut mieux pas faire appel à lui.

— Non, malheureusement.

Jacono écarta les bras.

— Je ne vois pas comment procéder en conformité avec la loi.

— Donc, nous devrions laisser tomber ?

Jacono le fixa dans les yeux.

— Je n'entendais pas cela. J'ai seulement dit que moi, comme procureur, je ne vois pas comment procéder en conformité avec la loi. Mais vous, comme commissaire, vous pouvez peut-être considérer la question sous un autre angle.

Il avait bien compris ce que lui suggérait le proc' ? Il voulut en être sûr.

— Peut-être que je ne…

Jacono ne le laissa pas finir.

— Tout à l'heure, vous avez prononcé un mot, pyramide. Et il m'est revenu une histoire… Savez-vous que, pendant longtemps, personne n'a pu entrer à l'intérieur de la pyramide de Khéops, parce qu'on n'arrivait pas à en découvrir l'accès ? Puis quelqu'un a perdu patience et a creusé un trou dans le mur, un trou non autorisé par les gardiens de la pyramide. Comme cela, même les gardiens, qui jusque-là étaient obligés de rester dehors, ont pu pénétrer à l'intérieur.

Quel grand fils de radasse, c'était, ce Jacono ! Si vous arrivez à faire quelque chose qui ne serait pas conforme à la loi, allez-y.

Ils se saluèrent avec chaleur.

Devant le palais de justice, il entra dans le café le plus proche, s'assit et commanda un whisky.

Sa coucourde tournait à la vitesse d'une hélice d'avion. Que pouvait-il utiliser d'autre que des écoutes pour avoir des preuves contre Rosales ?

La seule chose à faire, c'était de l'attirer dans un *sfunnapedi*, un piège. Le pousser à croire vrai un truc faux.

Mais quoi ?

Il ne lui venait rien en tête.

Il commanda un autre whisky.

Une dame élégante entra. Elle ôta un gant, voulut le poser sur la table à côté de celle du commissaire mais il tomba à terre.

Montalbano se baissa, le ramassa et…

… et resta comme ça, aparalysé, 'mmobile.

— Vous voulez bien me donner mon gant ? s'impatienta la dame.

Montalbano le lui donna, se leva, gagna la caisse, paya, sortit le portable, composa le numéro de Jannaccone.

— Montalbano, je suis.

— Je vous écoute, *dottore*.

— Si je passe d'ici un quart d'heure, je te trouve ou je trouve ton chef ?

— Vous me trouvez.

— J'arrive.

DIX-HUIT

Un quart d'heure plus tard, il était dans le bureau de Jannaccone.

— Si je me souviens bien, à la villa de Nicotra, dans la poubelle, vous avez trouvé deux paires de gants.

— Oui. Nous les avons mis sous scellés.

— Vous avez relevé les empreintes ?

— Bien sûr. Mais elles étaient indéchiffrables, parce que sans cesse superposées.

— Vous pourriez me les prêter pendant deux jours ?

— Pas de problème.

En reprenant sa voiture, il consulta sa montre. Cinq heures et demie. Pour être sûr de son coup, il appela Catarella.

— Augello et Fazio sont sur les lieux ?

— Sur les lieux, ils sont, *dottori*.

— Dis-leur de ne pas bouger du commissariat, pour aucune raison au monde, jusqu'à ce que j'arrive.

Sur la route pour Vigàta, il fonça comme jamais. Il avait envie de faire le soir même ce qu'il avait en tête. Il redoutait que le lendemain, après 'ne nuit de sommeil, la sagesse et la prudence de l'âge le lui déconseillent.

— Ne me passe aucun coup de fil et envoie-moi Augello et Fazio, lança-t-il à Catarella en entrant au commissariat.

— Déjà sur les lieux, ils sont.

De fait, ils bavardaient debout devant la fenêtre de son bureau. Dès qu'ils le virent entrer, ils vinrent à sa rencontre.

— Jacono t'a donné l'autorisation ? demanda Mimì, plein d'espoir.

— Non. Assoyez-vous.

Il leur raconta comment ça s'était passé avec Jacono.

— En résumé, ça signifie qu'on devra laisser tomber l'enquête ? ademanda Augello.

— Vous, oui. Moi, non, rétorqua Montalbano.

Les deux autres échangèrent un regard étonné.

— Qu'est-ce que ça veut dire ?

— Ça veut dire que j'ai en tête de tendre un piège à Rosales. Pas autorisé par le proc', attention. Et donc, étant donné que ça peut mettre en péril votre carrière, vous deux, vous restez à l'écart. Moi, en revanche, comme j'en suis à la fin, je peux m'en tamponner le coquillard. C'est clair ?

— Clair, acquiesça Augello.

— Pour moi aussi, c'est clair, ajouta Fazio. Mais, si c'est possible, je voudrais savoir en quoi consiste ce piège.

Montalbano le lui expliqua.

— Il y a une faille, observa Augello.

— C'est-à-dire ?

— Tu ne peux pas y aller seul, tu ne serais pas crédible. On est où, là, dans un film de *covviboi*, de cow-boys où le shériff arrête tout seul les bandits ?

L'observation était juste. Mais le commissaire ne voulait pas perdre de temps.

— J'y vais quand même, dit-il.

Puis à l'adresse de Fazio :

— Explique-moi où est la maison de Rosales à Sicudiana.

Fazio s'exécuta.

— Bien le bonsoir, lança Montalbano en se levant.

Augello et Fazio se levèrent eux aussi et le suivirent jusque sur le parking.

— *E ccà nni lassamo*, et là on se quitte, déclara Montalbano après être monté en voiture.

— On se quitte, mon cul, protesta Augello. Toi, va devant et nous, chacun dans sa voiture pirsonnelle, on te suit.

— Vous restez ici. C'est un ordre ! rétorqua Montalbano, énervé, en ressortant de la voiture.

— Ton ordre, va le donner à ta sœur, réagit Augello.

Montalbano fit un pas vers lui. Ce qui suffit à Fazio pour se baisser et prendre les clés que le commissaire avait déjà mises dans le contact.

Montalbano s'en aperçut du coin de l'œil. Il soupesa le pour et le contre. S'il commençait une engueulade, il perdrait encore du temps. Et il en avait peu à disposition. Il se rendit.

— Bon d'accord, concéda-t-il entre ses dents.

Avec un sourire d'excuse, Fazio lui tendit les clés.

Ils s'arrêtèrent à une station-service aux portes de Sicudiana.

— Toi, Fazio, tu passes devant et tu nous mènes à la maison de Rosales. Il a de la famille avec lui ?

— Un neveu trentenaire qui prend soin de lui. Mais peut-être que la maison est surveillée par ses hommes. Et peut-être qu'on va le trouver en compagnie de quelques amis.

— Dans ce cas, on les fait dégager.

— Mais il n'aurait même pas de bonne ? demanda Augello.

— Peut-être qu'il en a une qui vient faire des heures. Visiblement, Rosales ne veut pas chez lui des oreilles qui l'entendent quand il reçoit ou parle au tiléphone. Et maintenant, allons-y. Les gars, j'insiste. On joue gros. Calme et sang-froid. Et ne parlez que si je vous le demande.

Ils repartirent. Dix minutes plus tard, ils étaient devant le petit immeuble de Rosales qui se trouvait dans la partie haute de la ville, sur une placette où se dressaient une petite église et une école. Tout alentour, on ne voyait pas âme qui vive.

À côté de la grande porte, il y avait un interphone. Montalbano sonna. Une voix masculine arépondit.

— Qui est-ce ?

— Police !

— La police ! Et qu'est-ce que vous voulez ?

— Vous nous ouvrez et on vous le dit.

— Un moment, je descends.

Un peu plus tard s'ouvrit une espèce de minuscule fenestron protégé par une grille de fer et ménagé dans un des deux vantaux de la porte. Un homme les observait. Enfin, il intima :

— Mettez vos papiers dans la fente.

Qui consistait en un orifice rectangulaire dans l'autre vantail, avec une plaque métallique sur laquelle était écrit : « Lettres ». Les trois hommes obéirent.

La moitié de la porte s'entrouvrit et fut refermée aussitôt après leur entrée dans le vestibule.

Devant eux se tenait un gars trentenaire, grand et athlétique. Il avait un revolver glissé dans la ceinture du pantalon.

— Excusez-moi pour ces précautions. Mais par les temps qui courent…

— C'est terrible, on ne peut plus se fier à personne et on ne respecte plus rien, approuva le commissaire. Vous êtes qui, vous ?

— Je suis le neveu de Rosales. Je m'appelle Adolfo.

— Votre oncle est là ?

— Et où voulez-vous qu'il soit ? Ça fait des mois et des mois qu'il ne bouge plus. Et maintenant, même s'il voulait, il ne pourrait pas.

— Pourquoi ?

— Ces derniers jours, l'état de son cœur a nettement empiré.

— Et quelle en a été la cause ? Un gros effort ?

Le garçon parut quelque peu mal à l'aise.

— Bah… l'âge…

— Je comprends. En ce moment, il se repose ?

— Il est dans son fauteuil en train de regarder la télévision.

— Je peux lui parler ?

— Je suis désolé, mais non, il se fatiguerait trop. Le médecin a interdit les visites.

— J'ai un mandat de perquisition et un autre d'arrestation pour lui. Les voilà, bluffa Montalbano en glissant sa main dans la poche de sa veste comme pour prendre les papiers.

Le garçon, à ces mots, était adevenu pâle comme un mort, il semblait paralysé.

Rapide comme l'éclair, Fazio fit un pas en avant et lui retira le revolver de la ceinture. Le jeune homme ne parut pas s'en être aperçu.

— Montrez-moi le chemin, dit le commissaire.

Ils montèrent l'escalier qui conduisait à l'étage, parcoururent un couloir, entrèrent dans une spacieuse chambre à coucher meublée avec un goût raffiné. Mais l'air puait les médicaments et la maladie.

Rosales était assis dans un fauteuil devant un téléviseur allumé. À main gauche, il avait une table basse sur laquelle une bouteille d'eau et un verre voisinaient avec une grande quantité de boîtes de médicaments. Il s'était endormi.

Adolfo le secoua légèrement par une épaule. Rosales ouvrit les yeux et fixa les trois nouveaux venus avec étonnement.

On voyait qu'il allait vraiment mal. Le teint d'un jaune maladif, les yeux enfoncés, pas rasé, il respirait avec difficulté. Il n'ouvrit pas la bouche. Ce fut Montalbano qui parla.

— Emilio Rosales, je vous déclare en état d'arrestation.

Sur l'instant, Rosales ne broncha pas, il n'eut aucune réaction apparente.

— Vous galéjez ? demanda-t-il après un moment. Et de quoi je suis accusé ?

— Recyclage, association de délinquants à caractère mafieux, atteinte à la sincérité des marchés publics et il y a une accusation encore plus grave qui…

— Et en quoi je suis concerné par le recyclage ou l'association mafieuse ? l'interrompit Rosales. Moi, je suis promoteur immobilier ! Au grand maximum, je peux vous laisser la fausse accusation, je répète, fausse, d'atteinte à la sincérité des marchés, mais pour le reste…

— Vous ignorez que nous avons découvert le coffre-fort dans le garage de Nicotra, balança Montalbano.

Rosales encaissa bien. Il ferma les yeux, secoua la tête, mais se reprit aussitôt.

— J'aconnaissais le pauvre Nicotra, bien sûr, mais je ne sais pas où il habitait.

— Je vous préviens que vous vous engagez sur une fausse route. Vous connaissiez aussi la femme de Nicotra, Inge Schneider ?

— Je savais qu'il avait une femme allemande, 'ne belle petite, mais je ne l'ai jamais vue.

— Deuxième faux pas. Nous avons un témoin oculaire qui vous a vu, comme il a déjà déclaré au procureur, pendant que, disons-le ainsi, vous vous entreteniez intimement avec cette dame dans la chambre à coucher où vous séjourniez dans la villa de Nicotra.

Cette fois, le coup fut plus fort que le premier. Rosales eut une attaque de toux et le souffle lui manqua, il se calma après qu'Adolfo lui eut fait boire un peu d'eau. Puis il fut en état de répliquer.

— Vous êtes venu me raconter 'ne belle histoire de l'*opera dei puppi*[1]. Mais tant que vous ne me montrez pas des preuves…

— Vous voilà servi, annonça le commissaire en tirant de sa poche deux sachets de Nylon dans chacun

1. Théâtre de marionnettes siciliennes traditionnel, qui raconte les exploits des chevaliers de la Table Ronde.

desquels on voyait une paire de gants de tissus salis par l'usage. Durant toute la période où vous avez séjourné chez Nicotra en qualité, disons, de caissier et de gardien de l'argent noir, vous avez porté des gants comme ceux-là pour ne pas laisser d'empreintes. Mais à l'intérieur des gants, il y a vos empreintes, et comment ! Vous auriez dû les brûler, pas les jeter à la poubelle.

Rosales resta muet.

Montalbano entendit soudain des cloches carillonner allègrement dans sa tête. Le piège fonctionnait à la perfection.

Il remit les gants dans sa poche et ajouta :

— Il y a un autre élément déterminant qui prouve votre présence dans la villa. Votre sang sur l'oreiller, quand les agresseurs vous ont surpris au lit et vous ont donné un coup de poing au visage pour vous obliger à vous lever et ouvrir le coffre-fort. On a pris l'ADN de ce sang. Vous comprenez que vous ne pouvez absolument pas nier l'évidence ?

Cette fois encore, Rosales n'arépondit pas. Il respirait si mal que Fazio jeta un coup d'œil inquiet au commissaire.

— Vous voulez faire venir le médecin ? demanda Montalbano à Adolfo.

— Ça vaudrait mieux.

— Appelez-le.

Adolfo sortit son portable, parla, coupa la communication.

— Il arrive tout de suite.

— Monsieur Rosales, reprit le commissaire, maintenant, écoutez-moi bien, parce que, à côté de ce que je vais vous déclarer, tout ce que vous m'avez entendu dire jusqu'à maintenant vous paraîtra une plaisanterie.

— Une plaisanterie ! répéta Rosales en écarquillant les yeux.

— Vous m'avez interrompu pendant que je vous faisais la liste des chefs d'inculpation.

— Il y en a d'autres ?

— Oui, complicité dans la tentative d'homicide de Saverio Piscopo et dans les meurtres de Pino Pennisi et d'Inge Schneider.

La réaction de Rosales, pirsonne ne s'y attendait. Dans un effort désespéré, il se redressa. Il tremblait de tout son corps et parlait avec difficulté.

— Moi… je n'ai rien à voir… avec les meurtres… Ce furent les Cuffaro qui… les Cuffaro qui vinrent m'enlever avec l'argent… Ils pinsaient que je m'étais mis d'accord avec les Sinagra pour les baiser…

Il retomba sans force sur le fauteuil. Mais Montalbano n'avait aucune 'ntention de lâcher son os.

— Je suis certain que l'argent momentanément confisqué par les Cuffaro a été rendu et que la caisse commune est de nouveau en état de fonctionner. Mais comme il ne s'est pas passé le minimum de temps indispensable pour installer une banque souterraine, le procureur est convaincu que l'argent se trouve ici chez vous. Maintenant, je vous demande : et si vous me faisiez gagner du temps en me disant tout de suite où il se trouve ?

Rosales resta un long moment sans répondre. Puis il fit signe à Adolfo de s'approcher et lui murmura à grand-peine à l'oreille. Adolfo ouvrit un tiroir de la table du téléphone et prit 'ne clé.

— L'argent est dans une vieille armoire qui se trouve au grenier. Je vous y conduis, dit Adolfo.

— Vas-y, toi, ordonna le commissaire à Fazio.

Les deux hommes étaient à peine sortis que l'interphone sonna.

— Ça doit être le médecin, avança Mimì. Je vais lui ouvrir.

Alors, comme ils étaient restés seuls, il se passa quelque chose que le commissaire n'avait pas prévu.

Rosales ouvrit les yeux et sourit.

Montalbano s'étonna.

Puis il dit quelque chose que le commissaire n'acomprit pas. Rosales lui fit signe de la main d'approcher.

— D'homme à homme... c'était tout du bidon, pas vrai ?

— Quoi donc ?

— Les empreintes digitales... l'ADN... que des conneries, vous m'avez raconté... C'est vrai que c'était moi le caissier et le gardien... Je le dirai au juge, ne vous inquiétez pas... mais vous n'avez aucune preuve... Vous m'avez tendu un piège. J'ai raison, ou pas ? Vous devez me le dire.

Montalbano préféra répondre 'ndirectement. Et spontanément, il abandonna la langue 'talienne.

— Mais alors, vous, si vous le saviez, demanda-t-il en dialecte, pourquoi avez-vous voulu marcher ?

— D'abord passque je suis fatigué et ensuite passque vous me donnez une bonne occasion de me venger de ces salopards de Cuffaro.

Mimì et le médecin entrèrent. Ce dernier mata Rosales, très inquiet.

— Sortez, je vous prie.

Le commissaire et Augello allèrent dans le couloir. Et virent Fazio et Adolfo qui revenaient.

— Dedans une *armuàr* verte, il y a, à vue de nez, 'ne trentaine de millions, annonça Fazio.

Il lui donna la clé. Montalbano l'empocha.

— Téléphone à Catarella et dis-lui de faire venir ici Gallo avec trois de nos hommes. Il nous faut garder cet argent et Rosales.

Puis il s'éloigna dans le couloir et appela Jacono.

— *Dottore*, je m'excuse de vous déranger, mais vous devriez venir tout de suite à Sicudiana pour entendre les aveux de Rosales. En outre, il a chez lui une trentaine de millions destinés au recyclage.

— Mais comment avez-vous fait ? demanda Jacono, abasourdi.

— J'ai suivi votre conseil. J'ai fait un trou dans le mur de la pyramide.

Il lui expliqua comment arriver chez Rosales et mit fin à la communication.

Le médecin sortit et Montalbano s'approcha.

— Comment va-t-il ?

— Très mal. Il m'a dit qu'il se trouve en état d'arrestation. Il est donc de mon devoir de vous dire que M. Rosales est intransportable.

— Je l'imaginais. Même en ambulance ?

— Même en ambulance. Je l'ai fait remettre au lit et de là, il ne doit pas bouger.

— Je dois vous demander un service. D'ici une demi-heure au maximum, le procureur sera là pour l'interroger, ainsi il ne sera pas besoin de le bouger du lit. Vous pouvez rester et lui prêter assistance si nécessaire ?

— C'est mon devoir.

Le médecin lui tourna le dos et commença à retourner vers la chambre. Montalbano le suivit.

— Qu'est-ce que vous voulez encore ? demanda le docteur, revêche.

Montalbano ne lui répondit pas. Il le poussa de côté et entra. Rosales était couché mais avait les yeux ouverts.

— Je voulais vous avertir que d'ici peu, le procureur Jacono va venir recueillir vos aveux.

Rosales tordit la bouche.

— Je sais, c'est pas un tendre. Vous désirez que je fasse venir votre avocat ? Vous en avez le droit. Si vous me donnez son nom et son numéro de téléphone…

Rosales ne s'attarda pas sur l'idée.

— Laissons tomber l'avocat. De toute manière, au point où j'en suis, avocat ou pas… En tout cas, merci et adieu.

— Adieu, répondit Montalbano.

Et il sortit.

— Je vais dehors me fumer 'ne cigarette, dit-il à Fazio et à Augello.

Il s'appuya sur le battant pour le maintenir ouvert et acommença à fumer. Il se sentait soulagé, tout avait été plus facile qu'il ne l'aurait pinsé. Mais il avait beaucoup d'amertume en bouche. Une question le troublait. Si Rosales n'avait pas eu envie de tomber dans le piège, comment ça aurait fini ? Il regarda sa montre. Presque huit heures et demie. L'affaire s'annonçait longue, mieux valait appeler Livia maintenant.

— Comment ça va ?

— Pas mal. Mais si tu étais là…

Les mots lui sortirent des lèvres sans qu'il puisse les arrêter.

— Demain, je serai là.

Il entendit Livia retenir son souffle.

— Tu parles sérieusement ?

— Je suis sérieux. Demain, dans la journée, je serai chez toi.

— Mon Dieu, c'est magnifique ! Tu ne sais pas à quel point…

— Qu'est-ce que tu fais ? Tu pleures ?

— Oui, et je n'en ai pas honte. Je te…

Mieux valait changer de sujet.

— Parle-moi de Selene.

— Écoute, c'est vraiment une fripouille…

Une sirène qui approchait interrompit Livia.

— Excuse-moi, je dois te quitter. Je t'embrasse. À demain.

La voiture de Gallo arriva à toute allure, s'arrêta à un demi-mètre du commissaire qui un instant eut peur d'être écrasé.

— Vous trois, descendez, entrez, montez et mettez-vous à disposition du *dottor* Augello et de Fazio. Toi, Gallo, gare-toi bien puis rejoins les autres.

Il avait envie d'être à l'air libre, hors de l'atmosphère d'une chambre où régnait la maladie. Quand Gallo lui passa devant, il lui dit :

— Dis au *dottor* Augello de venir là.

Mimì arriva en courant.

— Qu'est-ce qu'il y a ?

— Je voulais t'avertir que, demain matin, je vais passer en vitesse au commissariat mais que je ne m'y attarderai pas. Je m'en irai tout de suite.

— Et tu reviens quand ?

— Dans une semaine.

Augello s'étonna.

— Comment ça ? Justement là, maintenant ?

— Justement là, maintenant, oui. Je resterais pour faire quoi ?

— Mais Jacono peut avoir besoin de toi !

— Tu es là. Au pire, il me téléphone à Boccadasse.

À ce moment arriva, à grande vitesse, une voiture d'où descendirent Jacono et un homme qui devait être le greffier. Ils serrèrent la main de Montalbano et d'Augello.

— Je vous montre le chemin, dit le commissaire.

Il rentra à Marinella à minuit et demi. L'interrogatoire de Rosales reprendrait le lendemain matin. Fazio et les quatre agents étaient restés à garder la maison. Dans la matinée, toujours, allait venir un fourgon blindé pour mettre l'argent en sécurité.

Il ouvrit la porte-fenêtre. Une légère pluie avait commencé à tomber.

Il avait tant de 'pétit en retard qu'il lui sembla que les pâtes et le poisson mettaient un temps infini à se réchauffer.

Il alla tout de suite se coucher et sombra dans un abîme de sommeil.

Le lendemain, il se leva à six heures, prépara sa valise, tiléphona au commissariat de Punta Raisi, se fit réserver une place sur le vol de onze heures, monta en voiture, alla au bureau, écrivit la demande de congé à envoyer au directeur du personnel, la donna à Catarella.

Puis il alla au supermarché où il y avait un rayon pour animaux domestiques. Il acheta un faux os et un castor en peluche qui couinait quand on le pressait. Ça plairait sûrement à Selene.

Note

Ceci est un roman de pure invention qui prend toutefois appui sur trop de faits divers presque quotidiens.

Mais je m'empresse de déclarer qu'il n'y a aucune référence volontaire à des personnes vivantes réelles ou à des situations réelles ou à des situations politiques existantes.

Composition et mise en pages
FACOMPO, Lisieux

Imprimé en France par CPI
en octobre 2020
N° d'impression : 3038802

Pocket – 92 avenue de France, 75013 PARIS

S30803/01